아!
我

인생찬란 유구무언

신현림
포토 에세이

아!
我

인
생
찬
란

유
구
무
언

문학동네

—
차례
—

—

여는 글

—

예술의 신비한 마력에 사로잡혔어

중3 때 나는 잔소리 심한 담임의 수업시간이면 반항한답시고, 일종의 미술사 개괄서인 교재를 몰래 읽곤 했다. 이 반항은 몰래 먹는 찹쌀떡처럼 야릇한 기쁨에 떨게 했다. 고흐, 구스타프 클림트, 마티스, 뭉크, 마그리트, 자코메티를 통해 그림의 마력에 이끌렸고, 들판을 뛰어다니듯 자유로운 미술세계의 신비한 매력에 사로잡혔었다.

"어, 이런 놀라운 세상이 있다니" 싶게 예술의 신비함은 나의 중학교 시절을 흥미롭게 했다.

중학교 때 맛본 그 신비한 마력이 나를 잡아당겨 지금의 예술을 일구게 한 바탕이 아닐까 한다.

매일매일 그날이 그날인 생활에서 일상의 신비함은 내가 집중적으로 일할 때 얻어진다. 그 앞에의 열정, 탐구하며 내 작업이 나만이 아니라 세상에 조금이라도 신선하고 따스하게 가 닿기를 바라는 집중력과 열정만이 모든 벽을 뛰어넘는다. 존재의 외로움과 슬픔을 넘어 신적인 친밀감에까지 가 닿게 한다.

십 년 정도 애쓰면 길이 보인다

어느 것에든 십 년 정도 노력과 열정을 투자하면 무언가가 보이기 시작한다. 누구나 자신의 꿈을 위해 십 년 정도 열정과 정성을 바치면 꿈을 어떻게 펼쳐나가야 할지도 반드시 보인다. 신념과 자신감이 생기고, 실패와 치욕감을 넘는 오기는 더 단단해진다.

지나보니 내가 아니더라도 식구 중에 누군가는 예술을 업으로 할 수밖에 없는 분위기가 있었다. 여기서 다 말할 수는 없지만, 엄마가 아프기 전까지 교육열이 대단했었고, 집안 식구들은 모두 예술가적 기질이 많았다. 그중에서도 나는 좀더 그림에 애착이 컸고, 미술대회 때마다 학교 대표로 나가곤 했다. 하지만 코믹하게도 대회마다 상을 타도 방학 때와 졸업 후에 후배로부터 상장만 전달받았던 일이나 고1 때 미술학원을 돌며 학원비만 묻고 돌아왔던 쓸쓸한 일, 우리 반이 특별구급반으로 뽑혀 미술반 가입 기회조차 박탈당했던 일 등등 우울한 기억들이 있다. 가장 충격적이고 우울한 기억도 있는데, 그 이야기를 하려면 영양보충을 해야 한다. 얘기하다 그 상처가 다시 아파오면 내가 쓰러질지 모르기 때문이다.

예술을 하면 굶는다고 엄마는 미대 진학을 반대하셨다. 군부독재 시절 민주화 투사였던 아버지의 국회의원 출마와 낙선의 반복으로 고단한 엄마의 인생 앞에 미대 진학의 꿈은 사치였고 죄였다. 그러다 재수 시절 엄마에게 떼를 써서 서양화과 입시를 위해 데생과 수채화를 싸게 배웠다.

내가 꿈꾸던 학교 회화과에서 떨어진 후 디자인과에서 잠시 수학하였다. 자퇴를 하자, 같은 과 친구 여덟 명도 관두고 응용미술학과에 지원하여 모두 합격했다는 말을 들었다. 나는 같은 학교의 서양화과 시험을 치렀는데, 나만 떨어진 것이었다. 좌절감은 더 컸다. 찬바람에 문풍지가 울고 내 마음도 울고, 하염없이 서러워했던 밤이 기억난다. 나는 사수의 길을 걷기로 했다. 다만 그림을 그리지 말라는 엄마의 권유가 있었다. 이 시절이 내 인생을 송두리째 바꿔놓기 시작했다. 운명처럼 다가온 것은 불면증이요, 집에서 가까운 대학 국문과 입학이었다.

국문과 선택은 내가 무식한 것 같아 책을 많이 읽고 싶어서였다. 그만큼 오랜 입시 준비로 책을 읽을 마음의 여유가 없었다.

불면증에 휘말린 채로 나는 구원을 찾고자 병원과 성당을 오갔다. 아, 내가 미술을 다시 할 수 있을까, 하는 불안과 포기 못할 꿈 속에서 내가 만든 불행과 부끄러움을 벗어나려고 미치도록 몸부림쳤다.

인생은 끝없이 걸어도 길이 잘 보이지 않고 만날 그 자리에 서 있는 듯한 날들이 허다하다. 그때마다 자신을 찬찬히 들여다봐야 한다. 내 잘못이라 여기지 않는 한 자기 발전은 없으니까. 문제의 실마리가 보이기 시작했다. 처음에는 너무 가까운 어둠만 바라보기 쉽다. 하지만 절망스럽더라도 인생을 멀리 바라볼 줄 아는 지혜가 천천히 생기기 시작한다. 정작 불행은 행복의 시작이 될 수 있으며 절망은 한 가닥 희망의 빛을 찾는 시작임을 이젠 확실히 말할 수 있다.

남 탓하는 사람들은 어른이어도 아직 미성숙한 사람이고, 인격적으로도 문제가 있다는 증거다. 어디 문제 없는 인생이 있을까마는, 그래도 심각하게 자신의 생활이나 태도를 반성해야 희망이 보이고 문제의 실마리가 찾아진다는 걸 알았다.

내가 시인이 되고자 꿈을 꾼 것은 좀 늦은 편이었다. 사진도 마찬가지다. 꿈의 선명한 지도가 보이는 것도 아니었다. 단 하나, 나에게 뭐가 있을까? 뭔가 있나보다 하는 기대와 호기심을 가지는 것은 중요했다. 대학문학상에 삼 년 동안 입상한 것과, 감수성이 우수하다는 심사평이 내게 힘이 되었다.

내 꿈의 장애물은 여전히 불면증이었으나 그냥 불도저처럼 몸과 마음을 밀고 가보는 거였다. 지나고 보니 시를 공부한 것이 결국 사진 공부와도 통하여 오히려 일거양득이었다. 유급이 되어 대학 일학년을 다시 다닐 때 늘 머릿속에 떠오르는 질문은 좋은 그림이 무엇이며, 예술이 무엇인가 하는 거였다. 그것을 알기 위한 방법은 독서와 공부밖에 없음을 깊이 깨달았다. 책을 워낙 열심히 빌려다 보니, 당시 폐가식이었던 도서관의 담당자가 나에게는 금고를 열어주듯이 도서관 내부로 들어가 맘껏 골라보라는 것이었다. 그때 굉장한 깨달음이 있었다. 그동안 내가 여기 있는 책도 다 안 읽고, 내가 여기 들어오려고 몇 수씩 했나, 자괴감을 안고 불평만 하다니 오만했구나, 하는 반성이었다.

'이 도서관에 있는 책들을 독파해나가자. 나중에 대학 졸업 후 사회에 나가 실력 면에선 어느 누구한테도 지지 말자'고 다짐하였다. 미술도 아주 읽기 쉬운 책을 골라 기초부터 배워나갔다. 마음을 끄는 무엇이든 호기심이 생기는 어떤 책이든 닥치는 대로 문화인류학, 무용, 음악에 관한 책까지 읽어나갔다. 무엇보다 철학은 필독서라 여겼으므로 그 분야도 알기 쉬운 책들을 골라 모르는 부분은 건너뛰고 공감되는 부분은 밑줄 그었다. 그리하여 그것들은 나의 일부가 되어갔다.

탐구하듯 전시회에 다닌 일도 빼놓을 수 없다. 그 일도 십여 년이 넘어가니 뭔가 보이더라. 예술의 흐름과 가치와 역사, 과대평가된 작가와 과소평가된 작가 들을 헤아리는 안목까지. 결국 내 시선의 중심이 세워졌다. 매주 좋은 전시를 알리는 신문 코너를 체크해두었다가 한 달에 한 번이든 두 번이든 전시회를 찾았다. 수원에서 서울 가는 길이 지금보다 수월치 않았다. 그래도 큰맘 먹고 길 떠나기 시작한 것이 내 젊은 날 커다란 즐거움이었다. 전시장을 알아가는 재미, 좋은 그림이 실린 팸플릿, 리플릿 모으는 재미도 컸다. 그때부터 탐구하듯 전시장을 다닌 세월 십여 년. 헌책방을 돌며 싸게 산 미술 관련 자료나 잡지, 그리고 매달 출간되는 미술잡지를 도서관에서 복사해서 줄 치면서 하나씩 알아갔다. 장마에 눅눅했던 방이 환한 태양을 안고 아주 기분 좋은 공간으로 변하듯 슬픔과 괴로움으로 꽉 찼던 마음은 여유로운 휴양지가 되어갔다.

꿈을 위해 송두리째 열정을 쏟다보면 모든 상황은 계속 좋은 방향으로 흘러간다.

모든 것은 한곳에서 만난다

인생에는 반드시 세렌디피티가 있다. 이학년 문예사조사 수업 때 발표를
준비하며 나는 끔찍한 고통 속에서 빛을 보았다.
모든 예술은 한곳에서 만난다는 진실. 지금으로 말하면 통섭의 예술이 뭔
지 깨달은 것이다.
이후 시, 소설만이 아닌 허버트 리드, 곰브리치 예술사…… 후에는 재즈댄
스, 판소리를 한 학기씩 배우러 다닌 적도 있었다. 그 분야의 감각을 익히
고, 시와의 연관성과 차이점을 알고 싶었다.
그렇게 십여 년이 지나니 보이더라. 새까만 구멍이. 구멍 속에 태양빛이 오
버랩되는 환희가 있다. 그럼에도 불면증을 여전히 떨치지 못하고 있었다.
국회의원직을 딱 한 번 하신 아버지 덕에 취직은 했으나 일 년은 몸이 안
좋아 시를 전혀 쓰지 못하다가 집 나와 혼자 살면서 직장 삼일제 근무가
허락되어 근무 외의 시간은 모두 시쓰기에 바쳤다. 그리고 판화와 유화를
일 년씩 배울 정도로 미술에 압도되는 마음을 주체할 수 없었다.
아버지의 국회의원 재선 실패 후 실업자로 살면서도 사진을 배우고픈 갈
망이 장작불처럼 타올랐다. 이번에는 사진에 미쳐서 어머니께서 해주신 아
파트 전세비를 빼서 사진 공방을 다니며 새로 이사간 흉가 같은 집에서 부
들부들 떨며 살기도 했다.
낮엔 애들을 가르치며 기초생활비만 벌고 틈틈이 시를 쓰고 밤에는 사진
을 공부하면서 삼수 끝에 대학원에 들어갔다. 편집증적일 정도로 열심히
사진을 찍어 방구석에는 아직 정리 못한 사진파일이 가득하다. 돌아보면

남들은 어렵지 않게 입학하는 학교를 이다지도 지지리 힘들게 들어갈까, 나는 왜 이럴까, 회의하며 슬픔에 젖을 때가 참 많았다. 남다른 인생을 산다는 건 눈물겹게 싫었다. 하지만 고뇌와 고통이 인생을 깊이 파헤쳐가는 과정이며 기회였음에 이제 나는 고개 숙여 감사한다.

사진을 찍으며 되찾은 건강

세상은 참 멋졌다. 푸른 하늘을 볼 수 있고, 달콤한 바람에 휩싸여가는 즐거움. 빌딩도 보도블록도 가로수도 익숙하지만, 골방을 나와 거리를 걷다 보면 모든 것이 새로운 것이다.

나는 사진을 찍으며 원하는 이미지를 건졌을 뿐만 아니라 무엇보다 건강을 건져올렸다. 물고기처럼 펄떡이는 싱싱함을. 십여 년 넘게 고생한 불면증에서 조금씩 벗어나기 시작했고, 골방 안에 갇혀 지낼 때보다 덜 외로웠다.

불면증에 시달린 몸은 어찌나 무겁던지. 사 년간 다닌 신경정신과도 치료에 조금은 도움이 되었으나 완치는 내 마음에 달린 문제였다. 머리는 늘 띵하고 시야는 가물거리는 상태. 잠을 푹 잘 수 있다면, 하는 절박한 소망에 종교를 가지면 좀 나아질까 싶어 가톨릭에 입문했고 세례도 받아 신앙생활을 하였다. 그 당시에 불면증을 다 고치지는 못하였으나, 오랜 냉담 끝에 다시 찾은 신앙생활은 내 시와 창작에 지대한 영향을 미치고 있다. 지금 생각해보면 불면증에 헤매는 영혼, 여한 없이 헤매고 고통의 쓴맛을 보라는 하느님의 지시라 받아들인다. 결국 그때 나는 치열한 반성 끝에 내가 만든 불행과 부끄러움을 벗어나려고 모질게 나를 채찍질하였다.

정작 불행은 행복의 시작이 될 수 있으며 절망은 한 가닥 희망의 빛을 찾는 시작임을 이젠 확실히 안다.

사진에 대한 첫 매혹

내게 맨 처음 사진에 대한 매혹을 느끼게 한 책은 스물다섯 살 때 만난 로버트 프랭크 사진집이었다. 누가 프랭크를 보라고 알려준 것은 아니다. 우연히 서점에서 그의 사진을 본 순간, 이거다, 싶은 감정이 일었다.

어딘가 불안하고 쓸쓸한 인간들의 모습, 공허하고 황량한 그의 작품세계는 현대인이면 누구나 공감할 만한 거였고, 세상을 바라보는 내 시선과도 맞닿은 것이었다.

아주 작은 부채만한 책. 스튜어디스인 딸은 비행기 사고로 죽고, 하나 남은 아들은 정신병원에 있다는 그의 개인사로 인해 사진은 더 슬프고 깊게 다가왔다. 슬픔과 우울이 짙게 밴 깊은 존재감이 내 가슴을 뒤흔들어놓았다. 그는 미국에 살고 있다. 그는 자신의 책들을 먼 이국 땅의 시 쓰는 한 여자가 아껴보는 줄도 모르실 거다.

결단에 따라 인생은 백팔십도 달라진다

서른에 처음으로 취직해서 틈나는 대로 『다이애나와 니콘DIANA AND NIKON』이란 사진비평서를 읽으며 사진에 대해 새롭게 인식하게 되었다. 화가가 되려던 내가 미술에 압도된 시선을 발전시켜 사진의 세계에 본격적으로 관심을 갖게 한 책이기도 하다. 사진은 미술보다 더 많은 인문학서들을 탐독해야 하는 분야라는 걸 느끼게 되었다.

또한 어린 시절 이후 변변한 가족사진 하나 갖지 못한 사실이 늘 가슴에 걸렸다. 대학 땐 집에 있던 야시카 수동카메라로 친구들과 서로 찍어주곤 했지만 정확한 카메라 사용법을 몰라서 자유자재로 사용하지 못하는 아쉬움이 늘 가슴 한구석에 자리하였다.

서른두 살 땐가, 수동카메라를 자유자재로 다루고 싶다는 갈망이 빨간 감처럼 익어갔다. 그래서 처음 한국일보 문화센터에 다녔다. 워낙 기계치이기도 했지만, 카메라를 들고 사진 찍어야 늘 텐데, 필름값과 인화 비용을 감당할 만큼의 경제적 여력이 없었다. 간신히 글짓기 과외를 호구지책으로 삼아, 사진 찍으러 다닐 시간적 여유를 갖기 시작했다. 그 이후에 중앙일보 문화센터에 다니며 좀 나아졌으나 그래도 성에 차지가 않았다.

다시 친구 따라 롯데 문화센터에 다니면서 지금까지 인연을 이어오고 있는 사진가 김남진 선생님을 만나게 되었다. 그때 내가 시집을 한 권 낸 시인이란 사실을 알게 된 선생님께서 나에게 권유하셨다.

"넌 그림도 그렸고 시도 써서 사진을 하면 엄청 빨리 늘 거야."

그리고 일 년 작업비를 미리 내면 두 달 치는 제해주신다는 말씀에 내 인생을 바꿀 갈등이 시작되었다. 한 달 사십만원 벌이로 간신히 비디오를 빌려볼 정도의 삶이고, 저축한 돈도 없었기에 아주 심란한 고민을 시작하였다. 친구는 다니기로 결정했는데, 나는 어떡하나 고민하던 끝에 어머니께서 대주신 십삼 평 아파트 전세비에서 백오십만원을 몰래 빼서 배우기 시작했다. 물론 나중에 어머니께 고백하였다.

나 자신이 문학과 사진을 함께 하다보니 아직도 어려움들이 있다. 편견과 그 어려움을 돌파하는 데는 그저 꾸준히 우직하게 나아가는 것밖에 없음을 안다. 그저 좋은 작업들을 보여주는 수밖에 없다. 그때그때 결단력이 인생을 바꿔간다. 인생에는 정말 현명한 결단이 필요하다. 결단에 따라 인생이 백팔십도로 달라지니 말이다.

혼자일 때 참 많은 것을 이룬다

일을 정리하면서 시간을 천천히 음미하는 동안 아무것도 필요없고 혼자서
도 충만했었지.

그래도 해 질 무렵이나 바람 불고 눈 내리는 날이면 누군가 내 곁에 있어
주길 얼마나 바랐던가. 그러나 정작 있어주길 바랄 때 항상 혼자였다. 길
가 레코드 가게에서 나직하게 흐르는 추억의 팝송은 말할 수 없이 슬프고,
뭔지 모를 그리움에 사무쳐서 울컥 울음을 쏟아내고 싶곤 했다. 그렇게 늘
혼자였다.

혼자서 살아가는 삶이란 길어지면 길어질수록 참 견딜 수 없는 것이 되고
만다. 나에겐 그랬었다. 하염없이 긴 길을 볼 때처럼 한숨이 터지고, 고인
물을 보듯 따분하고, 그래서 애인이나 가족이 없다면 마음 잘 맞는 친구들
과 공동생활을 하는 게 좀더 기운찬 생활이 될 것 같다. 그러나 아이로니
컬한 사실은 그런 지독한 외로움이 있고, 그 고독감을 이겨내야만 자신의
꿈을 이룰 수 있다는 것이다. 그 결과로 영상 에세이 『나의 아름다운 창』
『슬픔도 오리지널이 있다』, 사진 에세이 『희망의 누드』『너무 매혹적인 현
대미술』『사과밭 사진관』을 펴냈다.

나와 어울리는 장소에서 만난 스승들과의 사진작업, 영상 에세이

자신과 기운이 잘 맞고 어울리는 사람과 장소가 있는 것 같다. 어떤 인연이든 자신과 기운이 맞는 사람이 있어, 좋은 인연은 어떡하든 헤어지지 않고 이어지게 된다. 좋았어도 헤어지거나, 다음에 또 만나자고 해놓고 영원한 이별이 되는 경우도 허다하다. 그 인연은 자신과의 기운이 거기까지인 것이다. 그래서 어거지로 되는 건 없는 것 같다. 마음 가는 대로 정성을 다했더라도 그 인연의 기운이 쇠하면 어쩔 수 없다.

나는 대학원에서 오픈 마인드인 교수님들을 만나 좋은 배움의 기회를 가질 수 있었다. 특히 지도교수 최병관 선생님의 예술가로서의 확 트인 마인드, 박영택 선생님의 주체적인 예술관과 막강한 지식과 세심하고 치열한 시선, 그리고 마지막 학기 배병우 선생님의 실기 수업시간은 장인으로서의 작업방향을 확실하게 정하도록 이끄시는 말씀을 주셨다. 또 나는 무얼 찍을까 고민하며 세계 작가들의 작품들을 살피고 영상 에세이를 쓰면서 큰 공부가 되었다.

'사과밭 사진관展'을 위해 사과 사진을 십 년째 찍는 데 독립 큐레이터 정형탁씨가 해준 다음 말이 참 큰 격려와 용기가 되었다.

"사과를 부분 부분 소재로 쓰긴 했어도 사과를 주제로 찍은 사람은 신현림씨가 처음일 겁니다. 계속 파고들어보세요."

속세로부터의 초연함, 그리고 철저한 장인정신을 보여주는 정형탁씨에게 늘 감사한다. 또, KBS 다큐멘터리 〈나무 이야기〉에서 내게 사과나무를 맡기신 이장종 PD, 김형탁 영상감독님과의 작업은 내 생을 다시 발견하고 성장하게 했다. 그리고 출사 나갈 때 흔쾌히 트렁크를 들고 따라와주었던 후배들, 이십 년째 모델이 되어준 후배에게서도 인생을 배운다. 사과밭을 보고 반해 시작한 이 작업으로 내 인생 자체가 변한 것을 느낀다. 내가 무엇을 어떻게 다루느냐는 어느 때 누구를 만나느냐는 것만큼 인생관을 바꾸는 중요한 부분이다.

현대사진과 일상성(日常性)

사진은 원하든 원하지 않든 늘 일상의 모습을 담아왔다. 카메라가 생긴 이후, 예술사진을 찍더라도 우리가 살아가는 그저 그런 나날의 일상을 피할 수가 없었다.

나에게 일상성이란, 아주 사적인 모습이다. 그 사적인 냄새가 사람들에게 향기로 전해지려면 예술로 승화되어 공감대를 형성해야 한다.

그 시대에 사는 감수성이 가장 강한 사람들을 통하여 때로는 그들의 의식과 달리하면서 그들의 진심, 스타일, 메시지 그리고 희망과 절망을 표출한다.

나의 사진이 사소하지만 사람들의 기쁨과 분노, 사랑과 즐거움, 꿈과 절망을 꿰뚫어가길 바란다. 내가 인생을 바라보는 기이하고 미스터리한 관점과 경외감을 되찾아가려는 시선의 향기가 내 사진에서 물씬 풍겨나게 찍어보고 싶었다.

사진이 곧바로 현실을 바꾸기는 쉽지 않아도 적어도 현실의 답답함이나 혼란을 덜 수는 있다. 자기 고백적 이미지가 예술적 보편성을 얻기 위해 일상적 대상물을 쓴다. 지극히 개인적인 경험은 누구에게나 통한다. 사람은 누구나 달라도 비슷한 감정을 지녔기 때문이다. 결국 일상성은 시대와 역사의 축소이며, 그 속에 사는 인간 해석의 출발점이며, 새로운 감수성의 발견을 위한 것이다.

'아'라는 탄성과 '나'라는 我

우리는 사람과 사물 사이에서 움직이며 생각하고 숨쉰다. 때로 그 움직임과 숨소리는 '아'라는 탄성이 된다. 이 탄성은 21세기 도시 문명의 혼돈 속에서 억압된 감정을 터뜨리는 감탄이자 삶이 힘들다는 울부짖음이며 다시살고 싶단 열망의 표현이다.

생활에 널린 물건과 사람이 있어야 할 장소에 제대로 있다는 일상적인 감각은 불안정한 인간에게 안정감을 준다. 우리의 감수성이 터뜨리는 이 감탄사는 사람만이 되뇌는 것이 아니다.

사물도 정들고 사랑하면 살아 있는 것이다. 그렇다고 나는 믿는다. 그래서저마다 나를 봐줘요, 라고 말한다고 생각한다. 사물은 사람과 다를 바 없는 생명체로서 순수한 내면의 소리로 내게 말 걸어온다. 그 소리에 가까워지는 순간 나와 만물은 하나를 이룬다는 장자의 말을 실감하곤 했다.

그때의 섬광과도 같은 힘에 이끌리면 사람이든 사물과 장소든 신비하고기이하며 생생한 에너지를 내뿜는다. 살아도 알 수 없는 기이하고 미스터리한, 혹은 불가사의한 역동성을 드러내는 데 사진만큼 알맞은 미디어는드물다. 우리는 자기 마음 깊숙이 고요하고 슬픈 곳에 닿아 그 불가사의한풍경에 얕거나 깊게 스며들어 어느 날 그뒤로 사라진다.

이 순간이 아니면 찍을 수 없는 사진

나는 내 작품 속에서 매일 반복되어 때로 지루하고 답답한 일상을 조금 뒤틀기, 뒤집어 보기, 거꾸로 보기 등을 시도했다. 그렇게 이끌다보니 참담한 일상도 참신하게 보여 생기를 되찾고 힘을 얻었다.

전시에 내걸었던 사진들이 떠오른다. 그중 삼분의 일은 매일 오후 서너시에 나가 신들린 듯이 찍은 것이다.

주공 3단지 전세방으로 돌아올 때까지 잠실 주공 1, 2, 3, 4단지를 샅샅이 누비면서 찍었다. 좀더 멀리 양재 주변까지도. 이미 재개발되어 다 사라져간 아파트 풍경. 그 안에서 만난 아이들…… 이제 오직 사진을 통해서만 그때의 향기를 맡을 수 있다니…… 백 년 이백 년이 지나면 다 사라진다. 당연한 건데 아프다, 저려온다. 그래서 혼신을 다해 찍었던가.

열중한 순간엔 뭐든 아름다워 보였다. 내가 등불처럼 환히 살아 있구나, 깨달으면 더이상 외롭지 않았고, 그 자체가 풍요와 훨훨 나는 한 마리 산비둘기가 되었다.

아, 파인더 속에서 흘러가는 풍경과 사람 들. 멈춰진 장면, 그 순간을 나는 사랑한다.

어디론가 사라지고 흩어지고 멀어져가는 모습들. 우리가 이 지상에 살아 있는 순간이 아니면 찍을 수 없는 풍경들. 정리되지 않던 것들이 정리되는 기쁨. 또렷하게 인화된 사진을 볼 때의 희열감. 몰입하는 리듬 속에 인생을 깊이, 극단까지 파고드는 사진을 원했다. 그렇게 사진을 찍으면 내 미래가 환히 펼쳐지는 것 같다.

눈부신 저녁빛이 세상을 물들이고 점차 어두워질 무렵, 집으로 돌아가는 길. 어느새 나는 혼자가 아니었으며 거리와 풍경과 하나가 되어 있었다.

눈물을 흘리며 씨를 뿌리는 자는
기쁨으로 거두리라……

창문을 열어놓고 긴 밤을 일하고 있다. 어둠 속에 가라앉은 이 시간을 즐기고 즐겼다.

간간이 차소리가 파도 소리처럼 들렸다. 오직 영혼과 정신적 가치를 소중히 여기며 사는 작가의 삶이란 어떤 어려움도 뛰어넘어야 할 운명을 지녔다. 어떤 외로움이라도 속세의 속도전을 뛰어넘어 자신만의 세계를 우직하게 밀고 가야 한다.

밀란 쿤데라의 말이 생각난다. "인생의 축복을 캐기 위한 유일한 길은 예술뿐이다."

인생의 축복을 캐는 이들의 삶은 예술적이다. 그 말을 옮겨적었던 노트를 펼쳐놓고 이렇게 깊은 밤까지 일하는 건 나도 인생의 축복을 캐기 위해서이다. 여기서 축복이란 자신만을 위한 것이 아니다. 남에게 기쁨 주고 나눌 때의 축복이다. 어떤 괴로움도 축복이라는 진주조개를 캐는 것이었다. 그 축복은 인생의 신비고, 존재의 비밀을 하나씩 열어 보인 기쁨이다.

내 팬카페 식구들이 참여함으로써 내 첫 전시가 기쁜 축제가 되었듯이 이 책에도 잘 갈무리해넣으니 더 풍요롭다. 인생에서 가장 중요한 사랑과 꿈에 관한 설문 조사에 응해준 친구들, 책을 내주신 문학동네에 고마움을 전한다. 늘 낮은 곳에 머물며 나를 돌아보게 하시는 하느님께 감사드린다. 늦은 밤까지 일해야 하는 엄마를 이해해주고 혼자 잠들기 일쑤인 내 딸에게, 아버지와 하늘나라 엄마, 그리고 형제와 지인들에게도 사랑의 인사를 올린다.

2015년,
봄이 오는 길목에서
신현림

아!
我

인생찬란 유구무언

○
아, 날고 싶어

아我! 인생찬란 유구무언 1

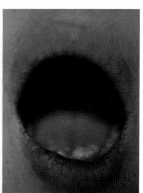
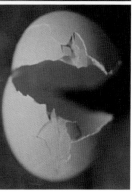

○
아我! 인생찬란 유구무언 2

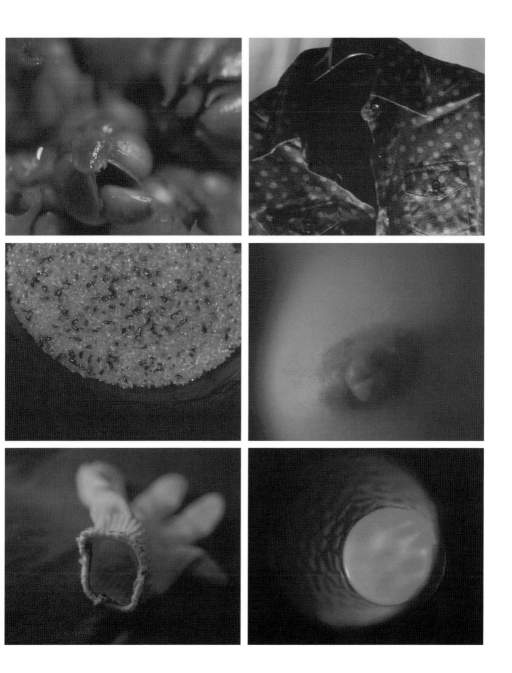

○
아我! 인생찬란 만물 한몸……

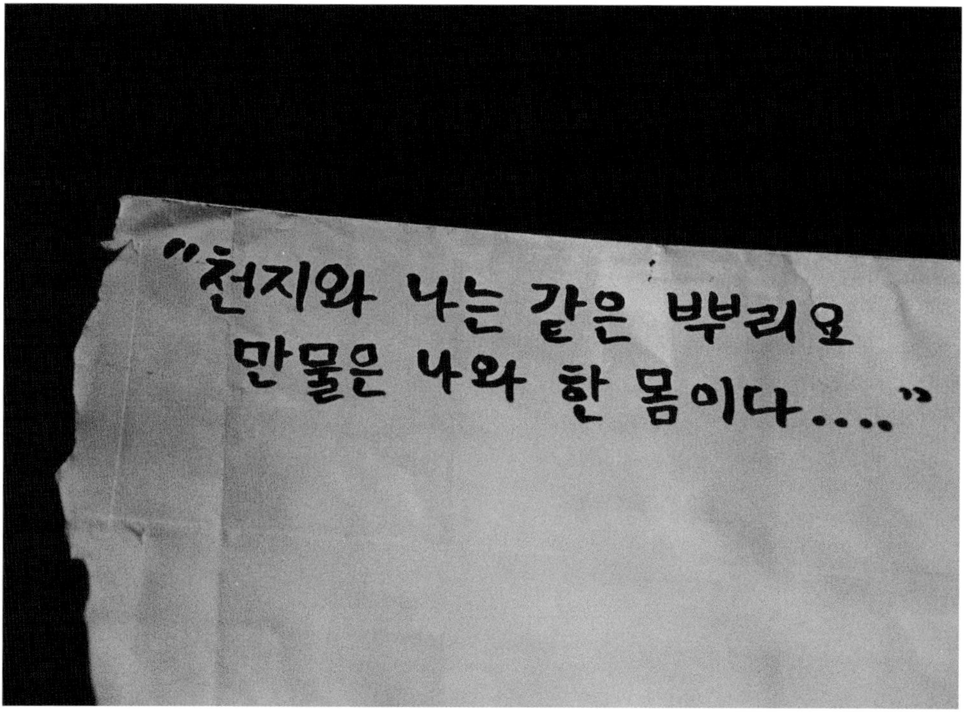
"천지와 나는 같은 뿌리요
만물은 나와 한 몸이다...."

◦

아, 날고 싶어

우리 생애에 결코 오지 않는 날이 어떤 날이겠소.

바로 내일이오.
행복과 우울감에 뒤엉켜 수시로 찾아오는 고독의 순간.
아무리 하찮은 일이라도 모든 괴로움을 파괴할 수 있는 황홀.
날고 싶소.
자유롭고 싶소.

◦

아我! 인생찬란 유구무언 1

노란색으로 번져가는 꽃잎을 보며 '아!' 탄성을 질렀다. 여름엔 초
록이 무성한 숲속 계곡물 소리를 들으며 감탄한다.
억압된 감정을 터뜨리는 감탄이면서 삶이 너무 힘들다는 울부짖
음이면서 다시 살고 싶다는 다짐이 담긴 감탄사 '아'.
그저껜 온종일 딸의 학교 옮기는 문제와 집안 정리가 힘들어 얼마
나 울고 싶었던가. 새벽 한시에도 끝내지 못한 일과 살림으로 울

고 싶은 마음은 아, 하는 한숨만 흘리고 있었다.

이 단어는 세상에 태어날 때, 살면서 힘들거나 외롭거나 몹시 아플 때, 황홀할 때 터져나오는 것이다.

결국 이 땅을 떠날 때 나오는 말, 아…… 해탈의 무게를 지닌 말.

우리가 쓰는 말에도 무게가 있나?

누군가 나에게 이렇게 물었을 때 다음과 같이 대답했던 것 같다.

우리 감정도 무게가 있듯이 단어들도 저마다 중량을 갖고 있지.

소고기 한 근 두 근처럼.

그래서 말을 잘 써야 하나?

그럼.

어디 무게를 갖는 것이 말뿐이랴. 계절도 무게가 있다. 여름이 우리에게 다가오는 무게는 그 어떤 계절보다 푸르러서 조금은 가뿐하게 느껴질 때가 많은 게 아닐까. 물론 저마다 느끼는 감정에 실리다보면 달라질 수는 있다. 하지만 싱그러운 여름날의 바람이 주는 가뿐함은 우리 어깨에 꽃잎으로 만든 날개를 펄럭이듯이 기분 좋은 것이다.

태양과 바다와 사랑을 마시며 사는 우리들이 던지는 그 많은 말을 하나의 엑기스로 추출한다면 '아'란 감탄사 한마디가 아닐까. 그동안 내가 살면서 던진 말도 '아'라는 감탄사 한마디로 압축될 것만 같다.

○

아我! 인생찬란 유구무언 2

셔츠와 컵과 쌀 등 생활에서 만나는 것들이 내 몸과 마음을 흠뻑
적신다. 길에 떨어진 동백꽃, 보도블록 사이로 피어난 잡초도 내
영감을 자극한다. 그래서 아리스토텔레스는 이런 경외심을 철학
의 시초라 말했나보다. 그리하여 삶은 무엇이며 나는 누구인가,
인간은 무엇이며 어떻게 살 것인가를 묻는가보다. 어떤 것이든 대
상을 클로즈업해서 보면 낯설고 아주 기이한 그 무엇이다. 기이
함 혹은 현실이면서 비현실적인 것이 된다. 가슴을 살랑살랑 흔
들어대는 것들. 그 비밀스러움과 아름다움. 그것을 찾아가는 길은
흥미롭다.

○

아我! 인생찬란, 만물 한몸……

천지와 나는 같은 뿌리요, 만물은 나와 한몸이다. — 승조 법사
만물과 나는 하나를 이룬다. — 장자

내가 생각하는 아름다움은 일상의 가장 소박하고 친밀한 자리와
움직임 속에 있다.

일상 속에서 나만의 시선으로 아름다움을 찾아낸다. 그렇게 찍은
사진으로 그날이 그날 같은 사소한 일상과 삶의 의미를 되찾을 수
있지 않을까. 내가 사랑하는 느린 셔터 소리와 달짝지근한 햇살과
플래시를 사용하여 삶을 지탱하는 힘을 끌어내고 싶다.

바라보는 것마다 꿈틀거리고 움직이는 걸 나는 느낀다. 옷과 나
무, 들판과 거리, 생물이나 무생물이나 울고, 웃고, 외치고, 숨쉬
고, 노래하는 소리가 들린다. 그 옛날 돌장승의 그 많은 숨결이,
속삭임이 아! 하는 탄성으로 들린다. 모두가 스스로 자신의 이름
을 부르고, 자기 존재감을 드러낸다. 살아 있음의 환희와 고뇌의
소리. 삶의 이치를 깨닫는 소리. 고대의 유물부터 현대인의 컴퓨
터까지 세상의 무수한 말과 사물이 아! 라는 외침 하나로 묶여버
린다. 아! 하고 태어나서 아! 하고 사라질 인생. 그 어느 것 할 것
없이 끊임없이 바라보고, 부르고, 애착함으로써 나와 한몸을 이루
며 흘러간다. 크고 작은 것, 귀하고 귀하지 않은 것의 절대적 기준

이 없음을 철저히 강조한다. 그래서 한몸을 이룰 수 있는 것이다. 생물인 자연뿐만 아니라 무생물까지 포함하여 나와 한몸을 이루는 것들이 함께 충돌하며 스미는 게 나는 깊게 느껴진다. 적요하고 신비롭게, 때로는 기이하고 서럽게 내뿜는 역동적인 에너지가. 순환적인 자연관과 이를 거역하며 흐르는 삶의 기이한 현상들. 보이는 사물과 보이지 않는 사물의 기운. 이것이 얽혀 세상은 돌아가고 있다. 천지와 나는 같은 뿌리요, 만물은 나와 한몸이다.

2부

아, 당신도 매일 꿈에서 살지 않나요?

ㅇ
아, 아무도 기거하지 않는 육신

○
아, 18

○
아, 달콤한 인생

○
아, 생로병사의 신비

○

아, 당신도 매일 꿈에서 살지 않나요?

○
아, 두려움도 영혼을 잠식한다

○
아, 불안

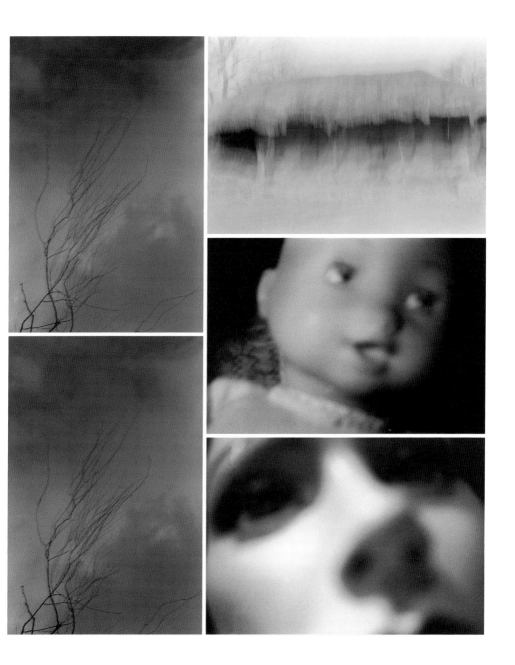

。

弃休〜

○

아, 아무도 기거하지 않는 육신

나는 너를 빨랫줄에 널었어. 자신감을 잃고 쓰러진 너를 햇볕에 널어놓았으니, 조금 있으면 힘찬 너로 가득찰 거야. 생각 없는 몸엔 아무도 살지 않지만, 열등감에 출렁이는 몸은 생각이 많아지고, 깊어질 거야. 열등감은 누구나 가지고 있어. 외롭고, 슬프고, 자신감을 잃을 때가 네 영혼을 만날 가장 좋은 때야. 이때가 인생이 깊어질 기회임을 잊지 마.
네 몸에 햇빛 쏟아지는 걸 보니, 라파엘 알베르티의 시 「아무도 기거하지 않는 육신」이 어른거린다.

　난 너를 내 몸에서 던져버렸다
　불타고 있는 석탄과 함께

　—　가버려

　내 몸은 빈 채 남겨졌다
　창가에, 검은 자루로
　가버렸다
　거리 모퉁이를 돌아 가버렸다
　내 몸은 아무도 없이 걸어갔다

○

아, 18

바람이 불면 사람들은 더 외롭고, 그리움은 풍선처럼 부풀어갔다. 건물도 나무도, 달과 별도 외로워 흐느꼈다. 아, 하고 중얼거렸다. 보랏빛 도라지꽃도 달맞이꽃도 모두 '나, 여기 있어요' 하며 외로워했다. 여기저기서 아, 나 여기 있어요, 나를 봐줘요, 라고 외쳤다. '인생은 한마디로 말하면 뭘까?'를 생각했다. '아'였다. 감탄사 아, 와 나(我)였다. 태어나고 죽을 때 아, 하고 외친다. 세상에서 가장 아름다운 풍경을 말할 때도 아, 라고 외친다.

바람이 불면, 그 따스한 인사와 기도가 그립다. 바람이 불면 운명적인 만남을 바라고 기대한다.

당신은 18을 쏟아내며 속을 풀었다. 욕인지도 모르게 18, 18 할 때마다 당신은 늙어 보였다. 바람이 불면 18이란 욕도 외로워서 솜털처럼 흩어졌다. 18은 욕을 넘어 '나는 살고 싶다'는 말로 들리기 시작했다.

잘 살고 싶다는 말. 몹시 사랑하고 싶다는 말로 이해했다. 불쌍한 당신, 욕은 그만하고 솔직히 말해봐. 사랑한다고 말해봐. 잘 살겠다고.

당신 삶이 힘든 건 축복이 부족해서야. 사랑이 부족해서지. 축복과 사랑은 안녕하세요, 라는 인사야. 포옹이야. 당신이 잘되길 빕니다, 란 미소야. 숭늉이고, 모카커피야. 당신 먼저 인사하면 추운 마음이 풀리고 풍선처럼 따스히 부풀어갈 거야.

인생은 생각한 대로 흘러간다. 간절히 꿈꾸고 애쓰면 언젠가 당신 꿈은 이루어진다.

부디 기회가 오면 놓치지 마. 더 열심히 살고 싶은 우리. 풋풋한 사랑을 꿈꾸는 당신 그리고 나.

○

아, 달콤한 인생

문득 이런 생각이 들었다. 배움이란 사랑과 같은 게 아닐까.

사탕 빨고 내게 혀를 내밀어 보인 아이들처럼 달콤한 인생은 누군가 '사탕'을 흘려 쓴 말 같은 '사랑' 속에 있다고. 세상과 사람을 제대로 사랑하면 인생은 달콤해진다고.

배움의 황홀경 속에서 새롭게 태어나는 자신을 느끼는 것은 사랑의 법열(法悅)과 같다.

남을 사랑하다보면 참다운 '나'를 만나고 그 속에서 자신을 사랑하게 될 것이다.

배움을 통해 스스로에 대한 표현력도 커진다.

표현욕구는 생존의 에너지로 뿜어내지 않으면 체내에 남아 병이
되기도 한다.

○

아, 생로병사의 신비

인생은 수수께끼야. 그 수수께끼의 기운이 우릴 끌어당기고 풀어
간다.
사랑에서도 그 수수께끼 같은 파장이 너무 쉽게 풀리거나 도무지
알 수 없으면 관계가 식어버린다.
우리는 이 사실을 알면서도 잊고 뛰어넘고 미루다가 그만 오랜만
에 찾아온 사랑을 놓쳐버리고 만다.
묘하지 않은 인연이란 게 있을까. 운명이란 것도 마찬가지다.
'세상에는 불가사의한 운명이란 게 있어서, 평생 남에게 주면서
살아가는 사람, 얻으면서 살아가는 사람, 갖가지 삶의 길이 결정
되어 있는 모양'이라는 어느 소설 한 대목처럼 사람과의 만남, 잠
시 스치는 인연이라도 기묘하다.

○

아, 당신도 매일 꿈에서 살지 않나요?

지나고 나면 어떤 고통, 기쁨도 다 꿈같다. 슬프고 어두운 꿈이라도 지나고 나면 어느 순간 달큰한 냄새가 난다. 그 달큰함이 그리움인 것이다. 기쁨도 우울도 하나로 이어져 핏속에선 빨갛게 달아오르는 노을 자락 같은 것. 오늘 더없이 평화롭다고 생각할 때 당신도 매일 꿈에서 살지 않나요, 라고 영화 〈조우어의 기차〉가 내게 말 걸어온다.

　　당신이 나의 이야기를 들을 수 있도록
　　선호는 마치
　　술 취한 청자와도 같다
　　내 손안에 부드러운 당신 피부처럼 나의 선호를 넘쳐흘러
　　당신으로 하여금 채워진다
　　채워진다

　　당신도 매일 꿈에서 살지 않나요

　　마음에 있으면 진짜 있는 것이고
　　마음에 없으면 진짜 없는 것이라고

꿈에선 일어났는데 당신이 꿈이라고 생각지 않는다면

　당신이 나의 이야기 들을 수 있도록
　그의 꿈은 나를 묻고 밤도 묻고
　그 자신도 묻어버렸지

영화 속에서 중국의 대표 여배우 공리가 시인을 사랑하는 여인으로 등장한다. 여기서 '선호'는 기차역 이름으로 영화 속의 주인공 '조우어(공리)'를 상징한다. 결국 이도 저도 다 꿈인 양 애달픈 사랑을 말하는 것 같다. 조우어의 연인, '진청(양가휘)'이 지은 시 「나의 선호」를 나는 영화만큼 좋아하게 되었다. 그리고 애인의 시 낭송회를 홍보하려고 애쓰는 모습과 애인을 만나기 위해 기차로 그 먼 길을 매주 떠나는 사랑의 열렬함이 감동스럽다. 애인을 만나러 가는 길에 그녀는 교통사고로 죽는다.
정말 사람이 그를 사랑한 사람의 가슴에 남아 있으면 죽어도 죽지 않는 것일까. 그래서일까. 마음에 있으면 진짜 있는 것이란 시구가 가슴에 깊이 와 닿는다.
강가 조약돌같이 빛나는 추억들을 건져올려도 지나고 나면 다 꿈이었다 말할지도 모르리.

○

아, 두려움도 영혼을 잠식한다

일상생활에서 사람이나 사물이 주는 신비함과 기이함은
그 안쪽에 숨어 있는 광기로 인해 낯설고 두렵게 다가온다.
광기는 열정과 동전의 양면처럼 붙어서 생생히 살아 있음의 희열
과 고통을 담고 있다.

앞으로의 인생이 지금보다 나으리라 기대하지 않는다.
그러나 잠시 멈춰 서서 온갖 사물을 느끼고 기뻐하는 순간,
나의 인생은 무척 향기로우리라 믿는다.
누군가의 말대로 행복은 돈이 아니라 마음 자세이므로.

○

아, 불안

불안정이 삶의 근본 이치다.
진정 깊은 관계를 원한다면 발가벗는 위험을 감수해야 한다.
싫어하는 일을 할 수 있는 것이 성숙이다.
미적지근해지지 말라.

오쇼 라즈니쉬의 말대로만 행하면 인생이 바뀔 듯하다. 그는 빠른 속도로 진행되는 현대인의 삶을 명상으로 비춰 보인 내면의 혁명적 인물로 꼽힌다. 그의 말을 되새기며 몸과 마음에 쌓인 스트레스를 해소하고, 잡념이 없는 편안한 명상시간을 가져본다.
참 깨달아야 할 일이 많은 인생이긴 하다.

○
休休~

인생의 매혹은 휴식의 한가운데서 발견된다. 몸과 마음이 평화로울 때까지 천천히 스며오는 것들.
감미로운 5월의 바람, 투명한 햇살, 연두색 잎사귀를 피워올리는 나무들. 키 큰 산철쭉은 처음 봤다. 어디선가 날아오는 보송보송한 것들. 이게 뭘까 뭘까 하며 나도 사뿐 날아가고 싶었지.
시간이 흘러 이런 평화로운 기억이 어느 날 불쑥 떠오르겠지. 아주 세세하고 사소한 일들이, 결국 오랜 후에도 남아 있는 것들이 중요하다. 내 곁에 남은 사람, 남아 있는 기억, 남아 있는 시 한 수……
당신도 내 곁에 오래 남아주세요. 그래 주실 거죠?

3부

아,
사랑이
올
때

○
아, 흐르는 말은 빗소리에 지나지 않는다

아, 미소

○
아, 사랑이 올 때

○
아, 개화

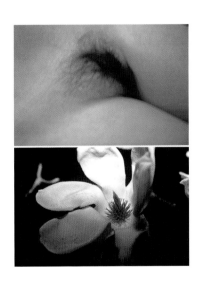

○
아, 목소리가 들린다

ㅇ
아, 반가워

○
아, 꽃피는 풍선

○
아, 오후의 티타임

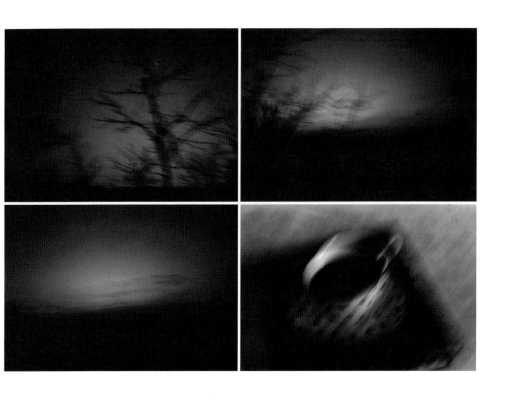

○

아, 흐르는 말은 빗소리에 지나지 않는다

포장마차 비닐벽에 빗물이 주르르 흘러내리는 풍경. 아주 오래
전에 그 느낌이 좋아 사진을 찍다가 혼난 적이 있다. 포장마차에
서 술 마시던 남자 손님 둘이 뭐야? 하더니 필름 뺏겠다며 날 쫓
아오는데…… 나는 무서워서 미치도록 달렸다. 그들이 범죄자일
지 모른다고 생각하고 잡히면 날 죽일 거야, 하면서.
마스무라 히로시의 만화 『아타고올은 고양이의 숲』을 보니 그날
생각이 났다.

빗소리에는 뭔가 담겨 있다. 그러고 보면 템푸라가 말하는 원망,
한탄, 증오, 무수한 말들이 빗방울이 되어 흘러가는 것이다. 대
개의 말이 빗소리에 지나지 않는다는 것. 아, 맞다. 무릎을 쳤다.
연탄재에서도 빗소리가 들린다. 쓰레기에서도 온통 빗소리가 들
려. 그런데 오늘 빗소리는 웃음소리로 들리네. 그렇게 생각하고
싶어.

웃음이 깨뜨리는 것. 웃음이 건강에 좋다는 것은 오래전부터 잘
알려진 일이다. 불치의 병에 걸린 사람이 재밌는 비디오를 시청
하며 계속 웃는 동안 병세가 호전되었던 이야기도 있는 걸 보면
웃음은 분명 멋진 것 같다. 웃음은 슬픔을 감싸안고 황토색 호두

알만한 불행 하나라도 확실하게 깨뜨린다.

○

아, 미소

오늘을 즐겨라. 수시로 파고드는 생존의 우울함, 고독감을 어쩌지 못하지만, 그래도 나는 웃으며 즐겁게 살고 싶다. 우울함, 쓸쓸함, 뭐든, 누구든 매혹적일 때 괴로움 너머 빛이 쏟아질 때까지 가슴 두근대며 즐기려고 한다.
조금 전에 나는 유머를 모아놓은 책을 읽다가 다음 글을 수확했다. 제목은 '직업에 맞는 주례'다.

판사
오늘 이 뜻깊은 결혼식을 맞은 원고 ○○○군과 피고 ○○○양은 평생 사랑하겠다는 선서를 하십시오.

교통부 장관
오늘 비로소 뜻깊은 개통식을 하게 된 이 한 쌍의 앞날에 큰 축복을……

산업부 장관

신랑 신부는 항상 잠자리에 일찍 들어 에너지 절약운동에 적극 협조하리라 믿으며……

이 글을 보다가 몇 분 함박웃음을 터뜨리고 나니 가슴이 젤리처럼 산뜻해졌다. 몸은 한껏 개운하다. 내 얼굴과 몸의 껍질이 한 켜 한 켜 벗겨지는 느낌. 웃음이란 이렇게 좋은 거구나. 드넓은 바다를 향해 커다랗게 달리는 웃음. 도도히 흐르는 강물이구나.

○

아, 사랑이 올 때

미리 걱정하고 염려하는 시간이 얼마나 많은가, 우리에겐. 사랑 하기보다 상처받을까, 거절당할까 염려하고, 깊은 사랑이 떠날 때 저릴 가슴을 먼저 걱정한다. 불도저가 시멘트 구멍을 파들어 가는 듯한 아픔을 떠올려 마음은 먼저 도망치기도 한다.
처음 사귈 때의 설렘과 두근거림이 빨래처럼 그저 그런 일상의 풍경으로 바뀌어도 좋아. 언젠가 뭐든 변하고 마니까. 그러나 싫 어지지 않으면 되지. 그냥 곁에 있으므로 따뜻하면 되지 않을까. 함께 마주하는 시간이 싱그러운 나무처럼 늘 푸르지 않아도, 외 롭지만 않다면 그 관계는 성공한 것이 아닐까.

좀더 깊어지는 가을이면 사랑을 꿈꾸게 돼. 그 사랑이 오면 어떻게 하지? 라고 스스로 묻게 되지. 그럴 때 내 시 「사랑이 올 때」를 천천히 말라가는 이불처럼 바람에 펄럭이게 놔둘래.

그리운 손길은
가랑비같이 다가오리
흐드러지게 장미가 필 땐
시드는 걸 생각지 않고

술 마실 때
취해 쓰러지는 걸 염려 않고
사랑이 올 때
떠나는 걸 두려워하지 않으리

봄바람이 온몸 부풀려갈 때
세월 가는 걸 아파하지 않으리
오늘같이 젊은 날, 더이상 없으리

아무런 기대 없이 맞이하고
아무런 기약 없이 헤어져도
봉숭아 꽃물처럼 기뻐
서로가 서로를 물들여가리

○
아, 개화

외출했다가 돌아와 집 현관문을 열자 하얀 치자꽃 향기가 내 몸을 휘감는다. 꽃이 핀 줄도 몰랐다. 마악 달려가 베란다의 치자꽃에게 인사하고 기분이 좋아 노래를 흥얼거렸다. 본의 아니게 나는 화초들을 말려 죽이기 일쑤인데, 꽃나무 중 유일하게 삼 년째 살아준 치자나무. 희고 기품 있는 이 아름다운 녀석이 튼튼히 자라줘 참 기특했다.

개화는 혼자만의 시간에 이루어진다. 숨 돌릴 틈도 없이 일에 치이다가 모처럼 갖는 시간에.
마음을 청소하면 누구나 경험할 성자의 행복을 만끽하는 오후에.
그렇게 혼자만의 시간에 피어나는 내면은 풍요롭다. 혼자 있지 못하고 스마트폰만 붙들고 있거나 잠시도 가만히 못 있기보다는 내면의 힘을 군량미처럼 모으는 시간.

○
아, 목소리가 들린다

　　나는 같은 거리를 걸었어
　　거리엔 깊은 구멍이 있어
　　구멍이 있는 걸 보았지
　　또 빠졌어…… 이건 습관이야
　　나는 깨달았어
　　이제 내가 어디 있는지 알아
　　내 잘못이라 인정하니
　　곧바로 빠져나왔어

　　같은 거리를 걸었어
　　여전히 깊은 구멍이 있어
　　그냥 구멍 주변을 서성였어

　　나는 다른 거리를 걸었어

내 인생길엔 구멍이 있다. 인생의 긴 과정을 압축해놓은 시 같은 포샤 넬슨의 글이다. 구멍은 사랑의 진한 향기를 풍긴다. 사랑의 중독이나 애정과 집착, 그 언저리…… 가령 카드빚, 도박, 알코올 중독도 이에 해당하겠지. 한 찰나에만 편안하고 달콤해서 빠져

든다.

그렇게 헤어나기 힘든 인생의 걸림돌이나 습관 혹은 운명이 바뀌는 계기.

구멍에 빠질 수 있음을 예감하면서도 또 선택하는 어리석음……
빠져나오기 힘든 자신의 잘못과 부족함과 연약함을 깨닫고 인정할 때, 그리고 다시 빠지지 않겠다는 강한 의지가 있을 때 비로소 벗어날 수 있음을 보여준다.

어두운 곳을 더듬어 내려가면 내 안의 구멍에서는 나만의 목소리가 들린다. 자신의 부족함에 귀를 기울이면 깊은 슬픔과 깨달음의 목소리가 들린다.

○

아, 반가워

인생의 많은 만남들이 얽히고설켜 거대하고 단단한 실타래처럼 지구를 굴려간다. 때론 감당하기 힘든 피로감을 느끼며 울고 웃고 사랑하며 우리는 지구를 굴려가고 있다.

별 탈 없이 하루가 지나가주면 고마운 거다. 서로가 잘되길 기원하는 마음이 이심전심으로 가 닿으면 즐거운 거다.

○

아, 꽃피는 풍선

풍선은 사람을 닮았다.
뜨고 날고 싶어하는 욕망이 강할수록 커져 불안감을 주는 모습이
그렇다.
자신을 살피지 않고 뜨고 날다가는 언제 터질지 모른다.

육체적 힘이 내면으로 모아지고.
쓸쓸할 때 조용히 자기 내면의 등불을 켤 것.

우리는 어리석을 때가 많아.
망가진다는 예감조차 못하고
밖으로만 나가려 들면
풍선은 꽃피자마자 터져버린다.
그러니 스스로 잘 살필 것.
밖으로만 나가려 들지 말 것.
모든 변화는 내 안에서 생기니.

기억할 것.
가장 힘들고 외롭다면
지금 내면의 등불을 켤 것.

음악을 듣고 책을 읽을 것.

○

아, 오후의 티타임

지치도록 일한 후 침대에 누웠다. 내가 그토록 원했던 게 뭐였을
까?
바로 이거였다. 휴식…… 또다른 내가 되는 시간. 앞과 뒤를 더듬
으며 일과 사랑을 꿈꾸는 시간.
휴식 없이 살면 생활이 흐리멍덩해진다. 슬렁슬렁 쉬면서 내가
그리워하는 것을 떠올려본다.
더이상 안 만나거나 못 만나는 사람들. 마치 꿈꾼 것같이 아득해.
그들이 실제로 있었나 하는 생각이 들 만큼 멀어져버렸다. 누군
가도 나를 그렇게 생각하겠지.
매일 일어난 일을 얘기하고 마음을 나눌 친구들이 소중하다.
서로 의지하지 않고는 살아낼 수 없는 쓸쓸한 삶.
누구나 남을 통하지 않고는 자신을 느낄 수 없는 것.
오늘 읽은 토니 모리슨의 소설 한 대목을 천천히 읊어본다.

"사랑은 사랑하는 사람, 그 자체이다. 사악한 사람들은 사악하게
사랑을 하고, 난폭한 사람들은 난폭하게 사랑을 한다. 약한 사람

들은 약하게 사랑을 하고, 어리석은 사람들은 어리석게 사랑한
다."(『가장 푸른 눈』중에서)

4부

아, 모든 것의 경계는 없다

아, 아득한 시간

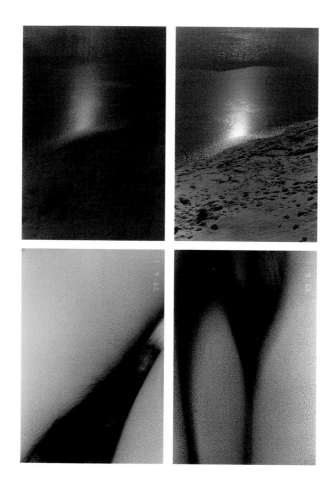

○
아, 흘러간다는 것의 매혹과 슬픔

○
아, 바다

○
아, 폭설

○

아, 플라스틱 적토마

○
아, 오랜 시간을 통해서 변해가다

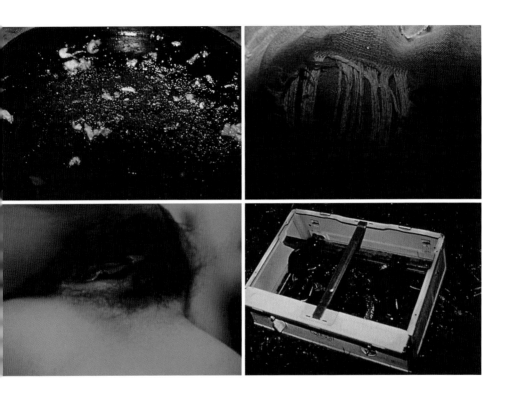

○
아, 모든 것의 경계는 없다

113

○
아, 모든 거리를 맛보고 싶어

○

아, 아득한 시간

쓸쓸하고도 따뜻한 눈물이 마음속에 바다를 만들어가고 있다.

처음엔 거세게, 새벽에 동틀 때처럼 어둠이 걷혀가고 바다는 차츰 고요해지기 시작했다.

세상에 애착했던 사람과 사물에게 이별을 고하고 절제된 슬픔은 먼 하늘의 달무리처럼 은은하고 애닲게 흘러갔다.

가깝고도 먼 시간의 흔적들이 그 작은 일기장에 빼곡히 쌓여 있었다. 함께 걷고 함께 바라보고 함께 자리한 시간들이……

함께 이 세상을 제대로 갈 동행이 있다는 거. 혼자가 아니라는 거. 그 따뜻함에 젖는 거. 때때로 쓸쓸함만큼이나 더할 수 없는 푸근함이 자리하는 거. 멀리서 아주 멀리서 그 모습을 바라보는 일조차 기쁜 것인데.

내게 닿지 않는 모든 것. 아득해라.

○

아, 흘러간다는 것의 매혹과 슬픔

가끔 롤러스케이트를 타는 꿈을 꾼다.

어둑어둑해지기 한 시간 전, 텅 빈 길을 홀로 달린다.

달린다는 것. 나와 나의 사물로부터 멀어져 자유를 만끽하는

일이다.

잎이 다 지고 있는 나무들의 흐느낌을 듣는다.

멀리 바다가 일렁이고,

바다를 사랑하는 사람이 나뭇가지처럼 휘날린다.

무미건조한 삶에 새로운 하루를 갈망하며 한참 달리다보면

가슴이 뻥 뚫리고 내가 점점 비워져 바람이 난지,

내가 바람인지 모른다.

태양 아래 흐르는 바람을 안고 자연의 품속에서 아늑한 시간을

갖는 것.

그 멋진 순간. 누군가를 그리워할 시간.

○

아, 바다

바다를 보았다.

우연도 준비된 사람들에게 찾아온다.

어제 우연히 도서관에서 발견한 말이다.

그 많은 달콤한 우연, 그 아름다움을 찾으러 다니다가
우연히
오늘

바다를 보았다.

○

아, 폭설

버스 창밖으로 폭설이 내리고 길이 막혔다. 사람들은 달렸다.
퍼붓는 눈발은 흰 쌀알같이 아름다웠다.
흐르는 시간이 아쉬워 길이 막힌 이 자리를 떠나고 싶지 않았다.
폭설의 담요가 세상을 덮어가는 오후 세시.
눈부신 출구가 내 마음을 열고 있었다.

깊고 진지해서 눈부신 노래가 하염없이 내 혼을 뒤흔든다.
에릭 앤더슨의 〈스노, 스노〉,
며칠 동안 오십 번도 넘게 들은 노래. 그 노래가사도 눈송이같이
흩날린다.

눈, 눈이 내리네,
내 낡고 오래된 마을을 덮네.
쓰레기장을 덮고,
하수구를 덮고,
부유하거나 가난한 영혼을 똑같이 덮고,
역사를 덮고,
철길을 덮고,
돌아오지 않을 이들의 발자국을 덮네.

가로등 아래, 한 소녀가 서 있네,
이 세상에 친구 하나 없는 듯 보이네.
큰 눈송이가 휘날리네,
빙빙 휘돌고 도네.

눈, 눈이 내리네,
내 낡고 오래된 마을을 덮네.
우체통과 농장과 쟁기를 덮네.
가시철조망조차도 — 아름답네.
역사를 덮고, 철길을 덮고,
돌아오지 않을 이들의 발자국을 덮네.

○

아, 플라스틱 적토마

삶이 너무 답답해서 견디기 힘들 때쯤 비가 내리고, 지루해질 때
쯤이면 날은 화창해진다. 이렇게 날씨의 변화는 꽉 막힌 일상에
서 벗어나게끔 마음에 시원한 바람을 몰고 온다. 날씨뿐만 아니
라 누군가 던진 한마디도 막막했던 가슴을 적신다. 최근 사람으
로서 사는 일의 한계를 느낄 때쯤 친구가 내게 건네온 말이 하얀
눈발같이 쏟아졌다.
신이 있느냐, 없느냐 따지는 건 배부른 소리다. 막다른 골목에 선
사람을 구하는 건 신의 사랑이다.
나약한 사람의 한계를 인정할 때 비로소 겸손해진다는 얘기다.
내가 힘없이 나이만 먹어가는 사람일 뿐이란 부끄러움에 떨 때
어디선가 말이 달리는 소리가 났다. 산뜻한 바람 소리가.

○

아, 오랜 시간을 통해서 변해가다

언어는 시간을 통해서, 오랜 시간을 통해서 농부들, 어부들,
사냥꾼들, 말 타는 사람들에 의해 진화되어왔습니다.

120

언어는 도서관으로부터 나온 것이 아니고 들판으로부터,
바다로부터, 강으로부터, 밤으로부터, 새벽으로부터 나왔습니다.
— 보르헤스, 『보르헤스, 문학을 말하다』 중에서

이미지도 하나의 언어라는 점에서 보르헤스의 말은 이미지와도 통하리라.
일기 쓰기는 영혼의 질서를 잡아준다, 는 글을 봤다.
정말 일기라도, 메모라도 하지 않으면 그날은 없다.
사진 정리도 내 영혼의 질서를 잡아준다.
우리가 쓰는 언어는 도서관이나 작가의 머릿속에서 나오는 것이 아니라 들과 강과 밤, 새벽으로부터 나왔다는 말이 왜 이리 좋은지.
"애정을 표현하는 것을 두려워하지 말라. 따뜻하고, 상냥하고, 사려 깊고 다정다감한 사람이 되어라."
영국 정치가 존 러벅 경의 금언도 들판과 강과 밤과 새벽에서 깨달은 게 아닐까. 삶의 지혜는 우주의 섭리, 순리를 따를 때 온다.

○

아, 모든 것의 경계는 없다

시선은 어디까지고 뻗어나간다. 모든 것의 경계는 없다.
크고 환한 창문처럼 누구에게나 열려 있다.
혼신을 다한 열정, 자신도 모르게 뜨거워지는 가슴.
상상하고 그리워하며 헤매는 시간. 수많은 새털구름 같은 발자국
들. 더없이 즐겁고 의미 있다.
나는 그만 사진의 거대한 아름다움에 빠지고 만다.
신의 공짜 선물인 하늘 바람 나무 꽃이 주는 아름다움을 누리며
신비로 가득찬 작업을 이끌어간다.
언젠가 눈부신 세계는 사라진다. 그래서 나는 계속 카메라를 든다.

○

아, 모든 거리를 맛보고 싶어

한번 선택하면 여지없이 우직하게 가야 하는 삶. 큰 변화 없는 생
활 속에서 잔잔히 마음을 흔드는 게 계절의 변화요, 바뀌는 날씨
의 흐름이다.
멀리서 봄 벚꽃이 손짓하면 미칠 듯 가슴이 타고 거리에 아카시

아 꽃잎이 펄펄 날릴 때나 여름에 가로수의 신록 내음에 가슴 떨고, 깊은 가을에 알록달록한 나뭇잎이 살랑거리면 나뭇결 따라 한번 더 가슴 터질 듯하다. 봄의 거리는, 찬란하고 매끄럽게 빛나는 네온사인들이 뭐라 말할 수 없는 서글픔을 자아내지만 뭔가 늘 하고 싶다는 열렬한 욕구를 부른다. 사실 여기저기서 눌러대는 클랙슨 소리와 밀리고 밀리는 차들, 도시의 거리가 주는 어지러움이나 두려움도 많지만 저마다 아픔이나 괴로움, 고단함을 안고 살아가는 우리에게 나름대로 위안과 생명력을 준다. 끝없이 바쁘게 돌아가는 생의 역동성이 바로 그것이다. 바람과 몸짓이 만들어내는 옷자락의 흔들림. 그 무늬를 보며 또한 아름답다고 느끼는데, 이것도 생의 역동성을 이루는 작은 움직임이다.

이 작은 것들의 아름다움이 모여서 삶의 즐거움이 되고 내가 머물거나 지나는 장소가 내 몸같이 소중히 여겨지게 된다.

5부

인생의 작은 기적들

○
작업한다는 것은

꿈꾸고 바라보고, 생각하고, 몰입하는 아주 내밀한 시간들.
철저히 혼자가 되어 미칠 것 같은 현재의 적막한 시간을 최상의
순간으로 바꾸는 것. 적어도 그 순간만큼은 확실한 실재감을 가
질 수 있다. 그것이 삶의 회의적인 시각으로 보면 덧없는 착각일
지라도 잠시 희열감에 빠지기. 바라보는 대상에 가슴을 출렁거리
게 하는 그 뭔가가 있다면 그것이 바로 아름다움일 것이다.

○
인생의 작은 기적들

시간은 놀랍고 기묘하도록 아름다운 것들을 보여주며 하나씩 지
워간다. 어제 내린 비, 바람, 눈, 일출과 일몰, 사랑. 그 절정의
순간에서 더욱 빛나는 것들. 희열감에 떨게 하면서 이것들은 얼
마나 서글프게 보이는지 몰라. 기어이 아름다움은 조금씩 바래고
희미해지고 만다.
왜 나는 경주 황룡사 터에서 인디언 기도문을 떠올릴까? 대지의
향기를 들이마시고 언젠가 내 맘속에 꼬옥 담아둔 인디언 기도문
을 읊는다.

　바람 속에 당신의 목소리가 있고

당신의 숨결이 세상 만물에게 생명을 줍니다.

나는 당신의 많은 자식들 가운데 작고 힘없는 아이입니다.

내게 당신의 힘과 지혜를 주소서.

나로 하여금 아름다움 안에서 걷게 하시고

내 두 눈이 오래도록 석양을 바라볼 수 있게 하소서.

당신이 만든 물건들을 내 손이 존중하게 하시고

당신의 목소리를 들을 수 있도록 내 귀를 예민하게 하소서.

당신이 내 부족 사람에게 가르쳐준 것들을 나 또한 알게 하시고

당신이 모든 나뭇잎, 모든 돌 틈에 감춰둔 교훈들을 배우게

하소서.

내 형제들보다 더 위대해지기 위해서가 아니라

가장 큰 적인 나 자신과 싸울 수 있도록 내게 힘을 주소서.

깨끗한 손, 똑바른 눈으로 언제라도 당신에게

가도록 준비시켜주소서.

그래서 저 노을이 지듯이 내 목숨이 사라질 때

내 혼이 부끄럼 없이 당신에게 갈 수 있게 하소서.

특히 뒷부분을 고이 간직하고 싶다. 어둠 속에 감춰진 것들. '만
사 끝없는 움직임 속에서 인생의 교훈이나 깨달음을 얻게 하소
서'라고 기도한다. 시시때때 얻는 깨달음이야말로 인생의 작은
기적이 아닐까. 스쳐지나가는 바람, 풍경, 함께 있는 사람들, 가
을 저녁에 내리는 노을 등 삶의 소중한 순간에 펼쳐지는 아름다

움에 감동할 수 있는 마음상태가 기적일지 모른다.

○

숨결 위에 숨결

오래전 매주 일요일이면 아이랑 어딜 갈까 고민하곤 했다. 그러던 차에 나는 오래 머물 곳을 찾았다.

바로 집에서 한 시간 거리의 아주 풍취 좋은 박물관이었다. 가는 길이 쉽진 않으나 일단 이곳에 아이를 풀어놓으면 저 혼자서도 맘껏 뛰놀고, 나는 나대로 책을 읽고 물소리, 새소리, 바람 소리에 내 몸을 편히 누일 수가 있어 좋다.

어느 날 내가 소나무 밑 커다랗고 둥근 돌에 누워 쉬는 동안 아이는 떨어져 있는 솔방울을 주워 하나 둘 셋 세고 있었다. 오후 네 시쯤 되니 날은 흐리고 구슬프게 새 우는 소리가 들렸다.

엄마 이게 뭐야?

뻐꾸기 소리야.

아이는 쉼터에 앉아 뻐꾸기 울음소리에 귀를 기울였다. 숲속에서 아이는 더 싱싱해진다.

그러다가 녀석이 가만히 숲을 응시했다.

재미없니?

개미 없어.

애가 심각한 표정으로 앉아 있길래 재미없냐고 물었더니 개미가 없다는 대답으로 돌아오는, 이런 식의 대화가 애 키우는 묘미 중 하나였다. 갖고 온 책을 펼쳐보다가 낄낄대고 웃다가 아이는 의아하다는 듯 물어왔다.

사과…… 눈 코 입이 어디 갔지?

눈 코 입이 있는 사과를 자주 그려봐서 그런가. 딸의 엉뚱한 말에 나도 변죽을 울렸다.

어디 갔을까?

집에 갔어.

눈 코 입만 집에 갔다구.

응.

자못 진지하게 응, 이라고 말하는 딸이 이루 말할 수 없이 사랑스러웠다. 혼자 미소짓고는 내가 좋아하는 돌장승을 만졌다. 간혹 서너 시간 쉬다 오는 박물관의 그 많은 돌장승 중에 마음 붙일 장승이 있다는 것. 기뻤다. 딸 팬티가 젖어 흐르는 물에 빨아 사랑하는 돌장승 머리에다 얹어놓았다. 단조로운 생활, 풀벌레 소리,

스피커에서 흘러나오는 대금 연주곡. 섬세한 마음은 실처럼 풀려나와 바람 따라 휘날린다.

짧은 저녁 바람 향기에 흠뻑 물드는 이 순간, 잊지 않으려고 몸 한 부분 마음 한 부분 신경을 쏟았다. 오래 느끼고 간직하려고 애썼다. 나의 딸에게 너를 낳기 오래전부터 딸 낳기를 꿈꿨다고 말해주고 싶다. 그 시를 읊어주고만 싶다.

　백 년 전의 조선엔
　아들 낳은 여인이 유방을 내보이는
　특이한 풍속이 있었다
　무명 치마저고리 사이에
　여인의 유방이 두 개의 노을처럼 달렸지
　여인의 유방은 혁명의 깃발처럼 펄럭이고
　여인의 유방에서 위풍당당한 행진곡이 흘러나오고
　사방팔방 강가에 조선의 모유가 흘러넘치지

　백 년, 다시 백 년 후의 조국엔
　딸을 낳은 여인도 유방을 드러내놓고
　남태평양처럼 화통방통하게 웃는
　마땅한 일상사가 이어지겠다
　허허벌판에서 두 개의 우주를 털렁이며
　어화어화 내 사랑

어화둥둥 내 딸년

그 딸년들을 위해 인디언 추장처럼 춤추는

나, 신현림과 내 딸의 딸들이 있을 것이다

하하하하하……

○
아, 소중한 찬스

문득 영화 〈봄날은 간다〉 촬영지 신흥사에서 이십팔 개월 내 딸을 사진 찍던 기억이 난다.

오후 네시쯤이었으리라. 오랜 세월에 닳은 짙은 고동빛 목조건물 앞마루에 우연히 내 딸이 턱 괴고 엎드려 있었다.

이를 보고 동행한 친구가 저 모습 사진에 담으면 너무 좋겠는데요, 하는 걸 듣고 바라보니 정말 느낌이 좋았다. 조금씩 성장하는 모습은 더없이 매혹적이어서, 아이는 점점 그 무엇과도 바꿀 수 없는 존재가 되어간다.

인생은 무거운 짐을 메고 가는 긴 여행이지만, 국토 여행을 통해 인생의 짐이 그리 무거운 것은 아니구나 깨달았다.

그저 그런 일들은 불현듯 소중하게 되살아나는 추억이 된다.

추억이란 것은 굉장한 에너지여서 언제 어디서든 나를 강하고 따뜻한 사람으로 만들어갔다.

○
아, 나는 어딨어요?

요즘 아이가 주는 큰 기쁨은 가르쳐주지도 않았는데 자기만의 그림을 알아서 시원시원하게 잘 그린다는 것이다. 크레파스든 펜이든 손에 잡히는 대로 들고 종이에다 고양이든 사자든 그려내는 모습. 나는 그저 즐거워서 눈을 사탕처럼 둥그렇게 굴리며 바라보곤 했다.

애를 키우면서 내 어릴 때를 추억한다. 옛날엔 사진기가 아주 귀했으므로, 요즘처럼 '폰카'로 언제 어디서든 누구나 찍는다는 것은 상상조차 못했다. 그 추억을 나 홀로 기억으로만 더듬다보면 외로움과 안타까움이 자리한다. 그래서 그것이 아쉬워 딸 사진은 참 많이 찍어주고 있다.

일상의 많은 이미지들이 아쉬움과 그리움으로 남지 않게 늘 카메라를 손 가까이에 둔다.

집 물건 중에 아이가 탈에 많은 호기심과 흥미를 느끼나보다. 언젠가 그 탈을 쓰고는 녀석이 툭 던지는 말 한마디!

엄마, 나는 어딨어?

나는 그 말을 듣고 무릎을 탁 치고 말았다. 자기 존재에 대해 무의식적으로 반응한다는 것. 자기 정체성에 대한 물음을 저 세 살 나이에도 본능적으로 갖고 있구나, 하는 놀라움이었다.

사실 이 질문은 죽을 때까지 자신에게 던지는 것이 아닌가.

인생과 자기에 대한 생각이나 의문은 누가 가르쳐줘서 아는 게 아니라 자연스럽게 갖게 된다는 걸 깨달았다. 사람은 저마다 가면을 갖고 있다. 대인관계 속에서, 우정과 사랑 속에서, 저마다 처한 상황 속에서 가면은 투명해지거나 얇아지거나 아니면 두꺼워진다. 여기서 투명하다는 건 있는 그대로의 내 모습이다.

그러면 있는 그대로의 내 모습으로 살면서 사랑하고 사랑받기는 쉽지 않은가? 쉽지 않을 때가 많다고 본다.

나도 내가 어디 있을까를 물으며 지금 내 앞에 있는 친구의 가면을 천천히 벗겨서 있는 그대로 본다.

○
우울증에 빠진 폐가

누군가 곁에 있을 때는 자신에 대해 냉정히 생각해볼 기회가 없다가 모두가 떠난 후 혼자 남았을 때 비로소 자신에 대해 생각하며 깊은 우울에 빠진다.

이렇게 폐가를 보고 있자면 미야자키 하야오 감독의 영화들이 생각난다. 〈센과 치히로의 행방불명〉을 보고 나도 그의 팬이 되었다. 좋은 작품이 주는 감동은 십오 인치 작은 브라운관에서도 흠뻑 느낄 수 있었다.
그리하여 우연히 학교 도서관에서 내 손에 딱 걸려든 책 한 권이 바로 『미야자키 하야오론 — 마음을 비워주는 영화 이야기』이다.

이 책은 딱딱한 논문이 아니라 하야오를 깊고 넓게 조명한 산뜻한 분석서이면서 안내서다. 글쓴이 기리도시 리사쿠는 놓치기 쉬운 평범한 일상을 예리하게 포착한 장면을 주목했다. 하야오 감독이 여태 만든 영화들을 세밀히 훑어가고 인터뷰를 끌어들여 작가의 혼과 작품 의도가 더 생생히 다가왔다. 다음은 메모해놓은 대목의 일부이다.

자연이라는 현상―공기라는 것도 그렇고 식물도, 빛도 전부 정지상태로 있지 않고 시시각각 변하면서 움직이는 상태로 존재하고 있는 것이에요. 그것을 보고 있는 자신도, 걷고 있는 자신도, 그 감수성도 시시각각 변하지요. 아무것도 아닌 하찮은 상황임에도 불구하고, 그것이 계기가 되어 모든 경치가 가슴에 와 닿을 수 있죠.

또한 갈 수 없지만 가고 싶고 내 손길이 닿았으면 싶은 장면들을 그려주고 눈이 아리도록 가슴 설렌 순간을 다시금 추억하게 만든다. 우리의 일상생활에서 하야오 영화와 같은 일이 생긴다면 얼마나 신기할까, 하고 저자는 묻는다.

이 책은 바람을 가르듯 아릿한 쾌감, 카타르시스, 몰아의 경지로 이끄는 미야자키 하야오의 세계를 더 깊이 가슴에 새겨주는 훌륭한 해설서로 손색이 없을 것이다. 쉽고 유연한 문체가 사랑의 다정한 손길처럼 다가와 감독 미야자키 하야오를 가깝게 만든다.

일 년 만에 레코드 가게에서 여러 장의 테이프와 시디를 샀다. 한 장씩 들으니 불쑥 가슴에 블러의 〈텐더〉가 물결쳐온다. 사십 인의 런던 커뮤니티 가스펠 합창단과 함께 부른 아주 아름다운 노래. 가사도 마음에 든다.

당신이 너무나 사랑하는 누군가의 손길은 부드러워요
우리가 간직하고 있는 사랑은 위대한 것
나는 그 사랑의 감정이 다가오기를 기다려요

사랑이 찾아오는 환상적 순간을 노래하면서, 그 사랑의, 영혼에 대한 위대한 치유 능력을 찬양하고 있다. 나는 '사랑의 감정이 다가오기를 기다려요'라는 이 뻔한 대목에 왜 가슴이 아려올까? 두 시간 전에 내 아는 후배 얘길 들어서 더 그런가?

꽤 알려진 작가들이 먼 땅 한 벤치에서 애절하게 손잡고 있는 장면을 자기한테 딱 들켰다는 얘기. 무척 흥미롭기도 하지만 마음 한구석에선 참 서글프기도 했다. 나이 먹고, 세월 가는 서글픔을 그렇게 부둥켜안고 몸서리치고 있었구나 싶어 애달픔이 밀려왔다. 많은 이들이 사랑의 감정이 다가오길 기다리나, 삶은 여유 없이 흘러가거나, 생존하기도 바쁘기 때문이다. 그러나 사랑이란 감정이 꼭 이성을 통해서만 느껴지는 건 아니다.

그렇게 사랑의 감정이 스며드는 어떤 설렘, 따뜻함, 부드러움과 자유로움이 순정만화를 보면서 되찾아지는 걸 나는 느꼈다. 지난

해는 자주 만화에 푹 젖어 지냈다. 왜 많은 여성들이 순정만화에 심취하는지 이해할 수 있었다. 좋은 만화작가의 글과 그림을 만나는 행운이 주어지는 곳에 마음의 해방이 있고, 부드러운 사랑의 일렁거림이 있었다.

○
아, 섹스의 행방

만지고 싶은 것들.

야들야들한 꽃잎, 나비, 정인의 손과 따뜻한 몸, 미소……

참 많다.

아름다워서, 사랑해서 만지고 싶은 거다.

만지는 것만으로 마음이 낫고 가슴이 풀릴 수 있다.

그러나 생명체의 본능은 갖고 싶은 거다.

본능, 에로스는 인간의 마음에만 깃들어 있는 게 아니다.

우주 자연, 모든 사물에 스며 있다.

우리는 에로스에 관련된 거라면 감추려 든다.

사랑의 수많은 문제가 성 에너지라는 뫼비우스의 띠에서 흘러나오지.

몸의 감각을 깨우고 모든 에너지를 빨아들여서

잠시 하나가 되어 날고 싶고, 하염없이 구름처럼 흘러가고 싶은 거다.

그러나 흘러갈 수 없고, 흘러가지 못한 이들은 벽에다 서글픈 낙서를 남긴다.

○
잠시 쉬었다, 왼쪽으로 가시오

모든 것이 기호로 보일 때가 있다.
건물이든 나무든, 의자와 옷이든 하나의 기호처럼 서 있다.
때로는 사람도 그렇게 보인다.
하여튼 시간은 꽃처럼 피고 지지만
내 손에 있을 때 활짝 피우기 위해
마음은 멀리 가지 않고 끝없이 내부로 향한다.

자, 그러면 당신은 자기 영혼의 왼쪽에 무엇이 있는지 아시겠죠.

○
아, 하늘에서 쏟아진 동전

비가 올 때마다
하늘에서 동전이 내리는 거예요.
허공에 떠 있는 구름에는 모두
하늘에서 내리는 동전이 들어 있다는 걸 모르나요.

그대가 고대하던 행운이
온 시내에 쏟아지고 있는 거예요.
이렇게 비가 올 땐 꼭 우산은 거꾸로 들고 그 행운을 담으세요.
그리고 그걸 햇살이 담뿍 담긴 꽃다발과 바꾸세요.

간절히 바라는 걸 손에 넣고 싶으면요,

소나기를 흠뻑 맞으며 걸어야 돼요.

그러니 천둥소리가 들리면

나무 밑으로 숨지 마세요.

하늘에서 동전이 쏟아지니까요.

그대와 나를 위해서.

— 조니버크 작사, 아더 존스턴 작곡,

〈하늘에서 쏟아지는 동전〉 중에서

날이 흐리고 가는 비가 뿌린다. 답답해서 방구석을 뛰쳐나와 비를 맞으며 자전거를 타고 달렸다. 느낌이 통하는 사람과 만나 캔맥주 마시며 속이 후련해지도록 얘길 나누고 싶은 오후.

너를 알게 된 건 행운이었어, 라고 말 전하고 싶은 정든 친구가 몇 있을까. 아직 고백해본 적이 없으나 시간이 가기 전에 그 말을 던져봐야겠다.

쑥스럽지만……

비가 올 때마다 하늘에서 동전이 내리고 눈이 올 땐 은화가 쏟아지니 우리는 얼마나 부자인가.

하하하. 동전보다 귀한 부모, 형제 친구가 있어 우리 얼마나 떼부자인가.

언젠가 만난 연탄재도 동전으로 보인다. 동전이 가득 쌓인 것 같은 착각이 일었다.

아니, 착각이 아니라고 생각하자.

이 노래 맨 첫 부분은 이렇다.

"옛날 기원전 백만 년 무렵에는 인간에게 있어서 진짜로 중요한
것은 모든 것이 공짜였죠. 하지만 언제나 푸른 하늘에 누구도 감
사할 필요는 없었지요. 그래서 하늘이나 달은 때때로 사라지도
록 만들어진 거지요."

○
쳇 베이커가 있는 술집

어쩌다 적당히 술 마시는 일이 이렇게 생활을 유연하게 만들 줄
은. 책을 많이 봐서 뻣뻣했던 목이 부드러워지고, 어깨의 힘도 느
슨해지고, 나무 냄새 나는 눈동자가 비를 맞은 듯 촉촉해졌다. 비
로소 끝없이 밀린 일들로부터 자유로울 수 있고, 생존의 긴장감
에서 멀리 떨어질 수 있었다. 내 팔다리는 고무줄처럼 한없이 늘
어나 밤하늘 달에게도 닿을 수 있을 것만 같았지.
한마디로 술 마시는 일은 마음의 하늘에 노을이 지는 것이야. 마
음만이 아니라 몸도 노을에 물들다보니 오래전에 가끔 찾았던 술
집이 그리웠다.
마침 쳇 베이커의 노래가 흘러나왔다. 아, 내가 좋아하는 연주자

가 직접 부르는 노래. 내가 원할 때 들려오는 목소리. 천천히 가슴을 죄었다가 풀어준다.

내 마음을 사로잡은 밸런타인
어린아이 같은 깜찍한 밸런타인
당신을 보고만 있어도
나는 자연스럽게 미소를 지어요.
그 장난꾸러기 같은 웃음
포토제닉하진 않지만 나에게는 최고의 예술이죠.
그리스 조각 같은 것이 아니라
특별히 뭔가를 호소할 때
조금 약하게 보일 때도 있고요.

위스키 한 잔을 마시면 저런 목소리가 나오는 걸까. 사람의 목소리는 누구 하나 같지 않을 만큼 신비로운 거지만 쳇 베이커의 목소리는 더없이 신비했다. 그만의 목소리가 바로 술이란 생각을 해본다. 술향기가 떠다니며 부드럽게 공기를 감싸는 술집 한구석에 앉아 오랜만에 친구가 오길 기다린다.

쓰고 달짝지근하면서 진한 갈색의 술을 마시고 싶어. 한 잔을 시켜 입에 대는 순간 목구멍을 뜨겁게 데우며 흘러든다. 기분 좋게 술기운이 내 숨결 속에 달콤히 번져가고, 내 혀는 지난 추억을 불러낸다. 추억이란 슬픔을 닦는 걸레. 그러나 아무리 리얼한 현실을 닦아도 슬픔은 지워지지 않더라.

○

아, 당신 이름을 부를 때마다

신기루를 좇는 늙은 방랑인
방황하며 비틀비틀
드디어 뻗은 그 손끝에 작은 무지개가 걸렸습니다.
당신은 많이 지쳤군요. 땀을 털고 쉬도록 하세요.
여기엔 물도 달콤한 꿀도 있습니다.
당신의 이름을 부를 때는 가슴에 붉은 꽃이 피고
당신의 이름을 부르는 목소리로 저녁 해가 녹아드는걸.
무지개는 돌면서 노래를 불렀어.
뱅글뱅글뱅글. 그러자 방랑인은
더러워진 머리를 쓰다듬으며 신기루를 보며 말했지.

이건 꿈도 환상도 아니야.

언젠가 도착했을 곳

이 여행은 위험한 여정이었지만

결코 힘든 일만 있는 건 아니었지.

무지개가 그 이야기를 노래로

만들어 보내주었다는 신비한 이야기.

당신의 이름을 부를 때마다 계절이 녹아드는걸.

언젠가 이 노래마저도 당신은 잊어버리겠지만

당신의 이름을 부르는 목소리를 바람에 녹여 보내겠습니다.

여행이나 누군가를 사랑하는 일은 쉽지 않지만, 아무 일도 없는 것보다 낫지. 만화 『이사』에서 본 일본 노래 〈당신의 이름을 부를 때마다〉의 노랫말처럼 그것은 위험하고 불안한 것이나, 결코 힘든 일만 있는 건 아니지. 만화를 보면서 진지한 노래도 발견하고, 바다가 출렁이면 마음은 바다가 되어 누워도 보고, 꽃이 피면 꽃망울 터지듯 울어도 보고, 낙엽 질 땐 손닿지 않는 곳의 쓸쓸함까지 느껴지니 삶은 두말할 것 없이 좋은 것.

이 노래가사 중에서 "당신은 많이 지쳤군요. 땀을 털고 쉬도록 하세요. 여기엔 물도 달콤한 꿀도 있습니다" 이 구절이 내 마음을 잠시 위로해주었다.

또한 얼마나 그리운 사람이기에 이름을 부르면 가슴에 꽃이 필까?

당신 이름 부르는 목소리를 바람에 녹여 보낸다니.

지금 내게 없는 감정이기에 더욱 애달프고 그리운 것일까. 어느 때 내 존재를 일깨운 감정이었기에, 가슴 아프게 저미는 것일까? 내 몸은 극심한 동요로 파도같이 넘실댔다. 이슬 먹은 풀처럼 향기가 났고 천천히 가라앉아갔다.

○
다시 시작할 시간은 언제나 남아 있다

일상에서 일어나는 작은 좌절들, 경제적인 고민, 세월의 빠름, 나이를 먹는 아쉬움과 슬픔이 느껴질 때, 지금보다 내일은 더 나아야 한다는 생각으로 초조하고 불안할 때, 무엇인가 시작하기에 너무 늦지 않았을까 하는 마음이 저 땅 밑을 헤매고 있을 때 근사한 풍경을 보고 그 속을 배회한다는 건 각별한 의미를 준다. 조용히 가슴을 치던 다음 글귀가 그 의미를 대신할 수 있으리라.

'감사하는 것과 다시 시작할 시간은 언제나 남아 있다.'

말은 말일 뿐일 텐데, 그래도 얼마나 위로가 되는지 가슴을 오래도록 붙잡고 놔주지 않는다. 아름다운 풍경을 볼 때마다 내 혼에 조금씩 낮아지는 음계처럼 깊고 넓게 소리가 번져갔다. 풀처럼 은근한 싱그러움이 전해오는 말이나 대지의 풍광은 매일 똑같이 반복되면서 조금도 나아지지 않는 생활에 염증을 일으키며 속으로 아아, 미칠 것 같아, 하는 뇌까림이 나도 모르게 새어나오던 자신을 부끄럽게 만들었다.

그래, 내가 작은 것도 감사하는 마음을 잊고 지냈구나 하는 깨달음과 동시에 무엇이든 새롭게 일을 시작할 수 있어. 사지가 멀쩡하고 특별히 병을 앓고 있는 것도 아닌데, 못할 게 뭐 있어……

천천히 용기에 찬 의지가 타오르는 것을 느끼며 이렇게 말 한마디가 생활의 태도를 바꿀 수도 있구나 싶어 놀란다.

그것뿐만 아니라 그 이상의 용기와 희망을 얻기도 한다.

곧 멀리서 저녁 바람에 종소리가 실려오겠지.

집마다 불이 켜지고 가슴속에도 은근히 독이 번지겠지. 아름다운 희망의 독이……

○
당근과 회초리

현대사진론 시간이었다. 선생님은 수업이 시작되는 오후 한시에
무조건 강의실 문을 잠그셨다. 사실 나는 첫째날과 둘째날도 지
각했기에 전철역 계단을 두 칸씩 뛰어내리는 위험까지 무릅쓰면
서 달렸다. 분명 이것은 위험했다. 내가 뜬다리구두(요즘에도 많
이 신는 굽 높은 구두)를 신었기에 계단에서 구르면 목숨이 위태
로울 수도 있었기 때문이다. 나는 왜 이렇게 위태롭게 살까, 내
탓을 하면서도 어쩔 수 없이 심야형 인간이 아침형 인간으로 바
뀌기가 쉽지 않아 오전 수업 때마다 늘 무거운 아침을 맞고는 하
였다.
택시까지 타고 가 도착한 시각은 딱 한시였다. 그런데 문이 잠긴

데다 유리창에는 신문지가 붙어 있었다. 나중에 안 얘기지만 내가 문 두드리기 오 초 전에 문이 닫혔고, 유리창을 신문지로 가린 건 지각한 학생의 얼굴을 보면 마음이 약해질까봐 그러셨다는 것이다. 안면몰수의 정신으로 무장한 선생님의 굳은 의지였다.

신문지로 가려진 유리창을 보고 좀 당혹스러웠다. 나는 용기를 내서 문을 두드렸다.

"선생님 한시예요. 문 열어주세요."

묵묵부답이셨다. 보일 듯 말 듯 문틈으로 학생들이 재미있다는 듯 웃는 모습이 살짝 보였다. 문밖에서 한참 기웃거리다 춥고 텅 빈 옆 강의실에 내 짐을 풀었다. 항상 아슬아슬 지나치면 독약이 준비되는 법. 추위라는 독약을 삼키며 다음 수업이 시작되는 세 시간 동안 책을 읽으며, 닫힌 문 앞에서의 스산함을 떨쳐버렸다.

며칠 후 인사동에서 선생님과 우연히 마주쳤다. 선생님은 어디 가느냐고 물으시더니 내 왼손을 꽉 쥐면서 말하셨다.

"이젠 지각하지 마."

"예. 전번에 딱 한시에 도착했어요."

"그래, 다음에 지각하면 너 자를 거다."

속삭이는 듯한 선생님의 목소리. 그러나 '자를 거다'라는 대목에서는 스케이트 날에 가슴이 베인 듯이 서늘했다. 다시 가슴속에선 크윽, 큭, 웃음이 종소리처럼 번져갔다. 그리고 수업이 더욱 재미있을 거라는 기대감이 일렁거렸다. 그런데 그다음 날도 나는 지각을 하고 말았다.

"너 오늘도 늦었구나. 네 시집을 꼼꼼히 읽었다. 강의는 강의로서 끝나면 안 돼. 학교는 공장이 아니다. 학생들에 대해서도 알아야 한다."

지난주에 한 권 달라서서 드린 내 시집에 대해 말을 꺼내셨다.

"네 시 참 좋더라. 첫 시집은 시 속에 삶이 있고, 두번째 시집은 삶 속에 시가 담겨 있더라. 미친년 신발짝 끌고 가듯이 쓴 두번째 시집 『세기말 블루스』가 난 좋았다."

다시 수업 끝날 때쯤 선생님은 지각하지 말라고 내게 경고하셨다.

"사람이 매만 들 수 없다. 회초리와 당근을 함께 줘야 한다. 오늘 수업을 그냥 듣게 한 것은 네게 당근을 준 것이다."

"네, 맛있게 먹었습니다."

나는 조용히 대답했다.

선생님은 내 시집에 대해 가슴에 담고 싶은 얘길 하셨다. 선생님 말씀을 크게 확대하여 이미지 작업까지 나는 생각해보았다. 시와 마찬가지로 사진도 사진 속에 삶이 담긴 것보다 삶 속에 사진이 담긴 것이 좋다는 사실이다. 시도 시에 자신이 끌려가는 것보다 시를 미친년 신발짝 끌듯이 끌고 가야 한다는 것. 삶 속에 미술을 담으려 한 것이 팝아트고, 이것이 발전하여 개념미술, 설치와 행위미술로 발전했다. 이것으로 미루어볼 때 예술 한다고 괜히 어렵게 쓰거나 잔뜩 폼잡지 말고 자유롭게 작품을 끌고 가는 것이 아름다움의 최고조로 이끈다.

새로운 천 년의 시작을 지나고 또 세월의 차에 몸을 실은 나는 언제 어디서나 행복감으로 충만한 상태를 꿈꾼다. 미래 사회의 헤게모니를 차지하기 위해 세계는 더욱 무서운 경제 전쟁을 치르고 있다. 그 소용돌이 속에서 모든 시련을 이기려면 우리는 무언가 해야만 한다. 선생님 말씀을 유추해보면 인생에는 신이 주는 당근과 회초리가 있어 우리 생활을 다스린다는 생각이다. 괴로운 회초리는 항상 당근과 함께 있기 때문에 아프지만은 않은 것이다.

다시 말해 현재의 괴로움은 독약처럼 쓰나 결국 우리를 살게 만드는 에너지다.

○

그대 아픔은 내 것이니

어딘가를 그냥 스쳐지나면, 잘 안 보이던 사람들이 보이기 시작한다. 지하철 역사 후미진 곳에 언뜻언뜻 눈에 띄는 노숙자들의 고뇌와 슬픔, 시대의 아픔이 보인다. 시 한 편으로 다시 보이기 시작한다.

헌 신문지 같은 옷가지들 벗기고
눅눅한 요 위에 너를 날것으로 뉘고 내려다본다
생기 잃고 옹이진 손과 발이며
가는 팔다리 갈비뼈 자리들이 지쳐 보이는구나
미안하다

너를 부려 먹이를 얻고

여자를 안아 집을 이루었으나

남은 것은 진땀과 악몽의 길뿐이다

또다시 낯선 땅 후미진 구석에

순한 너를 뉘었으니

어찌하랴

좋던 날도 아주 없지는 않았다만

네 노고의 헐한 삶마저 치를 길 아득하다

차라리 이대로 너를 재워둔 채

가만히 떠날까도 싶어 네게 묻는다

어떤가 몸이여

존경하는 김사인 시인의 「노숙」은 우리 생의 간절한 순간을 화자가 자신의 몸을 바라보며 쓴 시다. 어두워지면 더욱 그 어둠 속에 묻혀 보이지 않고, 그 몸도 슬픔도 묻혀 보이지 않는다. 자신은 자신밖에 볼 수 없다. 그렇게 알아보는 사람이 아무도 없는 사람을 시로 어루만지는 시인이 있었다. 노숙의 생은 이 시대를 함께 사는 저마다에게 책임이 있을진대, 우리는 얼마나 쉽게 외면하는가. 무서운 경쟁으로 미안하다는 말을 듣기 힘든 이 시절. '미안하다'는 시구가 가슴을 친다. 그분의 책 『시를 어루만지다』처럼 비행기가 지나간 자리처럼 흰 연기가 줄을 긋고 가는 아득한 슬픔. 어쩌면 눈여겨보지 않으면 금세 지워질 시들을 눈여겨보았듯

노숙의 몸을, 생의 고단함을, 그 절박함을 내밀하고 조용하게 읊은 이 시는 가슴속 커다란 바위처럼 무겁고 슬프다.

어떤 하나의 노래, 하나의 시는 내가 아끼는 사람과 함께 출렁거린다. 나의 이십대 때 같이 시를 쓰고 시를 얘기했던 남동생에게 이 시를 보냈다. 시인이 노숙자의 아픔을 자기 것으로 안고 고요히 영혼을 깨우는 시를 가슴에 안아보자고.

º
실연을 이기는 방법

실연했으면 지긋이 기다리면서
괴로워지지 않을 때까지 기다리는 길밖에 없다.
실연은 한 사람의 인간에 대한 평가를 완결시키는 마술이다.
상대의 인상을 돌에 새겨넣는 작업이다.

     —소노 아야코,『누구를 위해 사랑하는가』중에서

참으로 어떤 한 사람에 대한 인상과 느낌은 공백기나 헤어졌을
때 분명해진다. 내가 좋아하던 윤후명 소설 중 "한번 가고 만 사
랑은 다시 돌아오지 않는다"는 말이 기억난다. 헤어진 사람과 인
생 상담할 정도로 친구가 되는 경우도 있다. 하지만 대체로 지나

간 사람한테 전화는 안 하는 게 좋을 듯싶다. 전화해서 소득 본 사람보다 후회하는 사람을 많이 봤기 때문이다. 그래도 연락하고 싶으면 어쩔 수 없다. 또 한번 상처를 입고 넌더리를 내고 재빨리 잊을 수도 있겠다. 사랑하는 방법도 정해진 게 아니듯, 실연을 이기는 방법이 정해진 건 아니니까.

지금 나는 실연한 사람처럼 기운이 빠진 상태에서 한 시간을 흘려보냈다. 도저히 이러다 안 되겠다 싶어 밥 딜런의 노래를 들은 후 신나는 템포의 음악으로 바꿔 운동을 해야겠다. 혹시나 실연한 분은 이런 식으로 빨리 기분 전환을 하든가 저랑 산책가실까요.

○
사랑할 때 부는 바람

가난한 내가
아름다운 나타샤를 사랑해서
오늘밤은 푹푹 눈이 나린다

(……)

눈은 푹푹 나리고
나는 나타샤를 생각하고
나타샤가 아니 올 리 없다
언제 벌써 내 속에 고조곤히 와 이야기한다

산골로 가는 것은 세상한테 지는 것이 아니다

세상 같은 것은 더러워 버리는 것이다

— 백석, 「나와 나타샤와 흰 당나귀」 중에서

한 달 전 "농민들 아픈 마음을 진솔하게 말씀드리겠습니다"로 시작된 대자보가 내 집 문 앞에 붙어 있었다. 지난해 태풍으로 큰 피해를 본 꿀사과. 경기도 어렵고 농사비용도 못 건져 냉동 사과를 직접 팔러 온 경북 영덕 농부의 대자보는 애타는 심정이 깊이 배어 있었다.

"어려워도 주저앉을 수 없지요. 재미는 없어도 살아야 되겠지요." 재미없어도 살아야 한다는 말씀이 내 마음 붙잡고 놓아주지 않았다. 다 사드리고 싶었으나, 한 보따리밖에 못 샀다. 태풍도 슬프지만 더 슬픈 건 농촌에서 갓 태어난 아기의 울음소리가 많이 사라졌다는 사실이다. 우주의 처음과 끝을 알리는 지상 최고의 아름다운 노랫소리가 귀해졌다는 건 도심에서도 마찬가지다. 방긋방긋 웃는 아기를 보면 가슴에 행복하고 따스한 기운이 스며나면서도, 걱정이 앞선다. 단군 이래 최대의 국책사업이자, 역사상 가장 씻을 수 없는 망국사업인 사대강 공사의 후유증이 예상대로 심각하여 강물은 강물마다 잘 흐르지 못하고 있다. 이제는 세상이 더러워서 가볼 산골도 사라지고 있다. 그래서 백석 시인의 시가 점점 좋아지나보다. 한국인의 혼과 울림을 간직해서 그런가보다. 휘휘 바람이 분다. 이 바람과 비도 사람들이 누군가를, 이 땅을 절실히 사랑해서 나리는 게 아닐까.

6부

껴안아지기 위해 껴안는다

"네가 여기에 있어 나를 안아주고 위로해줬으면 하고 얼마나 바랐는지 모른다! 나는 껴안음의 진정한 의미를 이해하기 시작한다. 우리는 껴안아지기 위해 껴안는다. 우리는 미래의 팔에 껴안아지도록, 우리들 자신을 죽음을 초월한 곳으로 보내기 위해, 그런 곳으로 보내지도록, 우리의 자식들을 껴안는다."

내가 좋아하는 소설가 쿳시의 소설에 나오는 대목이다. 결국 우리는 사랑하기 위해 태어났다는 의미다.

시간이 멈춘 추억의 나날로 돌아갈 수 없어, 할 수 없이 힘차게 내딛는 오늘. 온 마음을 다해 내 삶을 사랑으로 껴안지 않으면 안 되리라.

사랑에 대한 설문 조사

인터넷 카페 '신현림을 사랑하는 사람들의 모임'의 친구들을 대상
으로 설문 조사한 결과를 수록하였다.
사랑을 자신의 절실한 체험 속에서 건진 이들의 깨달음이랄까,
일상적인, 아주 사소한 사물에 비유해 사랑에 대한
자신의 의견을 말하는 방식으로 리플을 달도록 하였다.

질문1 사랑이 뭔가요? 사랑을 뭐라 정의하고 싶으신가요?

보충설명 제가 문예창작 시간에 학생들에게 질문해서 얻은 대답을 예로 들겠습니다.

답1 맥주와 소주. 맥주를 마시면 소주가 그립고, 소주를 마시면 맥주가 그립다.

답2 시계. 때가 되면 밥을 줘야 한다. (아마도 알람시계에 해당하겠죠. 제 의견.)

답3 압력밥솥…… (이 해설은 아주 괜찮았다는 생각만 나고 잊었어요.)

이렇게 구체적인 사물을 들어 설명해도 좋구요. 아무튼 충분히 생각해서 퍼뜩이는 생각을 알려주세요.

아주 재밌고 독특하고, 새롭게 생각되는 사랑에 대한 발언을 해주세요. 제게 메일로 주셔도 좋고, 지금 이곳에 리플을 달아주셔도 좋습니다.

ㄴ **니코보코** 조건 없이 주는 촛불이 생각나는군요. 사랑하는 사람이 나에게 어떤 것을 원해도 모두 줄 수 있는 것.

ㄴ **머루** 땅콩 같은 거 아닐까요? 부서지고 벗겨져야 그 참맛을 느낄 수 있으니? 빼빼로 같은 것. 겉은 달콤함으로 덮인 소프트이지만 속은 질투와 지독한 에고의 하드가 감춰져 있어서……

   ㄴ **머루** 항상 2% 부족한 것~~ 그 끝없는 갈증.

      ㄴ **머루** 사랑은 가을바람 같은 것. 창문을 열면 나도 몰래 어느새 들어

와 있는 가을바람.

└, amber   섬유유연제.

└, 有延   사랑이란 미치지 않고서는 꽤 곤란한 감정과잉 상태. 멀쩡한 정신으로 하자면 속 터져 죽을 일. 미치지 않고서는 해내기 어려운 일. 하지만 영원히, 치유되고 싶지 않은 병.

└, jeny kim   사랑은 그리움, 보고 싶음, 무엇보다 느낌이 팍팍 오는 것. 나의 존재가치를 생각게 하는 것, 정신적인 융합, 운명, 인연, 눈물의 씨앗. 너무 많지만 고통스럽고도 행복한 것, 버리고 떠나고 싶고 도망가기도 하지만 살면서 느끼는 오르가슴 같은 것. 살아 있다는 느낌. 함께 지옥이라도 가고 싶은 것.

└, corea   사랑이란 인류 최대의 사기극, 언제 시작되었는지도 언제 끝날지도 모르는 저 너머의 연극, 우리 그것을 보기 위해 어떤 짓이라도 하고야 말지요. 연극을 본 사람들에게 어땠냐고 물으면…… 또다시 반복되는 의문.

└, 세모시 옥색치마   시, 분, 초 바늘이 있는 시계와 같다. 늘 서로 쫓아다니다가 만나고 헤어지고 또 쫓고 그러다 가끔은 삼각관계에 얽히는 것.♡

└, 지비   내가 본 사랑의 7할 정도는 자기 연민과 자기 분석의 어정쩡한 잡탕밥 같은 게 아닐까. -_-;;; 나의 소멸이 세계의 소멸이라고 믿는 저같이 못나고 옹

졸한 사람에게는요.

ㄴ, **나쁜마녀** 풀지 못한 수학문제 같은 게 사랑입니다~

ㄴ, **시린하늘** 비가 온 후 시리도록 깊은 하늘을 바라보는 마음을 닮아, 그윽함과 맑음이 있는 사랑을 느끼는 행복감은 잠시고 사랑을 느껴본 굴레 안에서 늘 목마름에 간구하는 마음이 되어 아픔을 만든다. 묻어버린 아픔 속에서 끙끙거리다 작은 사랑의 마음에 또 미소지으며 웃을 수 있는 삶의 활력소가 사랑, 사랑이 아닐까?

ㄴ, **샘물** 사랑은……? 적절히 포장된 *Sexual Attraction*입니다. 성적인 욕망이 아름답게 옷(?)을 입고 있는 상태.

ㄴ, **runrun** 얼마 전에 사랑이 끝났다고 느꼈는데 그때부터 거울 보기가 싫어졌습니다. 아마 사랑은 아침에 거울을 봤을 때 웃을 수 있게 해주는 것 같습니다. 다른 존재를 사랑함으로써 나 역시 살아가도 되느냐는 시험으로부터 허락을 받아내는가봅니다. 사랑 못해서 죽을 수야 없겠지만 그래도 사는 이유는 다시 사랑하게 될 거라는 희망.

ㄴ, **슈바빙** 사랑이란 석민이다.
사랑이란,
내게 있어 사랑이란 그저 석민이뿐이다.

그 어떤 정의도 수식어구도 들어설 자리 없이

그저 온통 석민이뿐이다.

└, **스누피** 사랑이란 부석사와 같다.

처음에는 그 아름다운 절로 들어가기 위해 걸으면서 절에 대한 기대감, 생각하는

시간이 필요한 것처럼 기다림과 많은 생각이 필요하고,

자신의 모습을 한 번에 보여주지 않고 조금씩 조금씩 보여주면서도 곳곳에 있는

작은 절의 건물들이 새로운 모습을 보여주는 것처럼 상대방에 대해서도 조금씩

새로운 모습을 보여주는 것.

따로 떨어져 있는 듯하나 하나로 연결되어 있는 것. 그리고 부석사에 가본 사람

만 그 절의 아름다움을 알 수 있듯이 사랑을 하는 그 두 사람만이 그 사랑에 대해

알고 있는 것.

실컷 함께 있다가 와도 절을 떠나면 또다시 그리워지는 것처럼. 헤어지기 싫고

떠나오면 아쉬움이 남는 것…… 시간이 지나 너무 보고 싶어 나를 미치도록 만드

는 것.

└, **최미진** 제게 있어 사랑은…… 하드렌즈…… 같은 것!!

눈에 꼭 맞아 있는 듯 없는 듯 하다가 가끔씩 눈물 쏙 빠지게 아프게 만드니까.

언젠가 버스를 기다리다 눈에 들어간 티끌 때문에 눈도 뜨지 못하고 계속 눈물만

흘리다 버스가 와도 번호를 확인할 수 없을 만큼 아파 그냥 포기하고 길가에 서

있다가 나중엔 옛 생각에 서럽게 울었던 기억이 나네요. 그때 느꼈죠. 요 하드렌

즈 가끔씩 눈물 쏙 빼놓는 게 꼭 그놈!! 닮았군!! ^^

└, **강아지** 사랑은 젓가락. 한 짝으로는 살아가기 힘들잖아요.

두 짝이 만나 하나의 젓가락이란 이름을 얻었고,

서로 다른 한 짝 한 짝의 모양이 비슷하면 젓가락질이 편하지만,

서로 모양이 달라도 좋습니다.

세 짝이 하나가 되는 젓가락은 곤란합니다.

세상에는 정말 다양한 젓가락이 존재합니다.

세상에는 정말 다양한 사랑들이 살아갑니다.

└, **쥰세이** 사랑이 무엇일까? 하여 마음도 두드려보고 그냥 흘러가도록 해보았지

만 그 어떠한 얘기도 할 수가 없군요.

그냥 지나칠 때마다 꼭 빚지는 듯한 기분이었는데

아마 한동안은 그 빚을 갚지 못할 것 같군요.

저와는 다른 사람들이 참 많네요.

어쩌면 저렇게들 곱게도 말씀하실까 하는 의문도 생기네요.

사랑에 대해 그 무슨 얘기도 할 수 없는 게 제게 있어선

지금의 사랑이 아닐까 합니다. (난 왜 이렇게 싱겁나 ㅡ_ㅡ;;)

└, **석란** 자루 속에 든 고양이.

같이 있으면 숨이 막히고 하고 싶은 말은 빙빙 돌고

갈증에 시달리고.

그러다 빵 굽는 오븐처럼 달콤하고 아늑했지만.

자신만의 사랑의 정의는 때에 따라 달라진 것 같아요.

이십대와 삼십대 그리고 사십대…… 헤세 단편집에서 사랑의 기쁨은 짧고 슬픔은 영원하다, 라는 문구가 나오데요. 그리고 또 '영과 육이 열리는 단계'라든지…… 영과 육이 열리는 단계, 멋있지 않나요. 그 예민함……

ㄴ, 3월의 토끼 사랑은 유리창같은 것.

세상에 갇혀 있는 사람들이 밖을 내다볼 수 있게 해주는 유리창처럼 그 빛깔은 투명하기도 하고 흐리기도 하고.

깨지기 쉬운 것, 다만 창밖을 볼 뿐, 아무도 열 수 없는 투명한 빛 같은 것.

ㄴ, 마루치 거미 같은 사랑.

어디선가 읽은 것 같아요.

거미는 제 살을 새끼에게 뜯어먹히고 빈 껍질이 되어 죽는다면서요? 한쪽의 이기와 다른 한쪽의 희생.

슬프지만 결국 사랑은 슬픔으로 완성도가 높아지는 거.

ㄴ, 하얀 민들레 섬유유연제 같은 것.

사람을 부드럽게 만들고

삶을 향기롭게 해주고

정전기 같은 다툼도 덜어주고.

ㄴ, 세모시 옥색치마 저는 사랑을 씨 뿌리고 농사 짓는 거라고 생각해요. 아무리

가뭄이 들고 홍수가 나서 흉작이 들어도
이듬해 봄이면 다시 씨를 뿌리는 농부의 심정처럼……
어쩔 수 없는. ^^

ㄴ 윤선영   빙글빙글 돌고 돌아도 늘 그 자리…… 팽이 같은.

ㄴ 루나   사랑은 교통사고 같은 것 결국 치이고 마는.

ㄴ missingu   다시는 사랑하지 말자! 라고 말해놓고도 하는 게 사랑이다……

다음은 카페 회원님들이 가입할 때, '사랑이란?' 질문에 답한 것들입니다.

공기와 같다 / 너그러움 / 미끼 달린 낚싯바늘 / 내가 바보가 되는 것 / 모름
/ 부끄러움 / 인사 / 비밀을 만드는 것 / 낡더라 / 가슴이 뻥 뚫리는 것 / 이별
전에 있는 거 / 권태스러움도 참는 것 / 눈물 / 자제, 포기, 배려 / 당신입니
다 / 하와이안 블루 / 동아밧줄 / 다이어트 / 늘 배고픈 것 / 연필로 쓰는 것 /
바보 / 마약과 같다 / 다 끝나봐야 안다 / 심각한 오해 / 담배 -_- / 소주와
맥주의 만남 / 늪에서 빠져나오는 방법 / 가래떡 먹기 / 손이 닿지 않는 가려
움 / 나누는 것 / 도파민의 과다 분출?! / 너와 나 / 해보고 싶은 것 / 알면 말
해줘요 / 오해와 이해 / 우연의 연속 / 아직 모름 / 꿈 / 하나 되는 심장 / 사
랑이다 / 총 / 움직이는 것 / 같은 곳을 바라보는 것 / 죽어지지 않게 하는 것

/ 바다 / 폭포 / 질투에서 나오는 표현 / 우물 / 송곳 / 쓰지만 뱉으면 안 되는 것 / 아픔 ^^ / 항상 잘 모르겠는 것 / 마음 / 휴!!!!!!! / 우성이와 함께하는 것~ / poison / 너 / 환상이다 / 맛있는 키스 / 나보다 너인 것…… / love is just love…… / 가슴 따뜻한 말 / 생명수 / 희생 / 말할 수 없는 기쁨 / 빛바랜 사진 / 많거나 없다 / 기억 / 블랙홀 / 생명이야 / 둘로 보지 않는 것 / 믿음 / 愛無…… 사랑은 없다 / 뭉게구름 / 자연. 맹장. 육손 / 원 / 맑은 눈동자 / 해본 사람은 다 안다 / 든든한 내 편 하나 / 아픔 / 함께하기 / 하늘 아래 있죠^^ / 사랑은 없다 / 하나 되기 / 정직 실천 / 외롭지 않음 / 상상의 산물 / 그 사람 / 무에서 유를 창조 / 그리움 / 샘물과 같은 것 / 늘 마음이 쓰이는 것 / 행복 / 병 / 나를 비우는 것 / 행복하고도 지독한 것 / 인생 / 너무 어렵네요…… / 버섯 / 잘 모름 / 공감 / 미친 짓 / 아름다운 것 / 그의 암값 모으기 / 개미 2 / 살아 있는 이유…… / 아픈 것…… / 많이 좋아하는 것 / 본질 / 천천히 오래가는 약속 / 슬픔을 배우는 일 / feel / 기쁜 것…… / 이경민 / 이별의 선물 / 빵이다. 쉽게 물린다 / 눈물 / 자유 / 환상 / need / 지금 진행중 / 살아가게 하는 것 / 희생과 봉사 / 집착 / 고리로 묶는 매듭 / 바람이다 / 삶 / 마음으로 보는 것 / 눈빛 / 술 / 풀려나가는 일 / 그 사람의 또다른 세계다 / 시리도록 깊은 하늘 / 정의할 수 없는 것 / 내 모든 것 / 다 주기 / 힘든 것 / Blind / 한 우산 두 사람 / 마음 열기 / 그리움 / 황홀한 것 / 중독 / 양수 속의 유희 / 비 / 영원하기를 기도하는 것 / 침묵 / 사고 / 공기 / 사랑은 말발굽처럼 / 소유하지 않는 것 / 달리기 / 아련함 / 범죄 / 서로간의 끌림 / 나를 살게 하는 힘 / 내 인생의 오아시스 / 자연재해 / 그 자체 / 눈물 / 나를 만나는 과정 / 밧줄타기 / 웃기는 짬뽕 / 내 모든 것 / 여전히 알 수 없는 것 / 포근함

/ 주는 것이다 / 온유의 바이러스 / 설렘이죠 ^^ / 기대 / 서로 같은 곳을 보는 것 / 노력과 노력 / 껴안음 너머에…… / 가슴속 등불 / 항상 가슴속에 있는 사람 / 나만 아는 느낌 / 무지개 / 편안함 / 이해와 믿음 / 냉정과 열정 사이 어디쯤 / 추상명사 / 관심 / 모순덩어리 / 미로 / 이별을 인정 않는 고집 / 답이 없다 / 신뢰 / 너에 대한 내 마음 / 기적 / 無 / 뜨끈해질 때 / 위대하다 / 슬픔 / 진짜처럼 보이는 것 / 바람 / 함정 / 오해 / 재즈 / 당의정 / 날개 / 정답 없는 문제 / Sexual Attraction / 인간의 존재 이유 / 미치는 것 / 조건 없이 주는 것 / 헛손질 / 끊임없는 자기최면.

—

닫는 글

—

자유인에게 가르쳐주어라, 찬미하는 법을

따라가라, 시인이여, 바로
밤의 밑바닥까지,
당신의 거리낌 없는 목소리로
여전히 우리를 설득하여 기뻐하게 하라

시를 경작함으로써
저주를 포도원으로 만들라
인간의 실패를 노래하라
고뇌의 황홀 속에,

마음의 사막 속에
약수 샘이 솟아나게 하라
그의 시대의 감옥 속에서
자유인에게 가르쳐주어라, 찬미하는 법을.

영국에서 나서 미국으로 귀화한 위대한 시인 오든의 시 「W.B. 예이츠를 추모하며」를 읽다보니 내 안에 뭔가 싹이 트고 깨끗해지는 기분이다. 그 투명하고 그립고 달콤한 어떤 향기를 따라 등불이 닿는 곳까지 걸어간다. 그 향기가 뭘까. 정체를 알기 위해 작업하는지 모른다.

나는 전시 타이틀을 '아我! 인생찬란 유구무언'으로 했다. 그러나 인생이 찬란해서 아무 할말이 없다고 해놓고 참 많은 얘길 하고 말았다. 기묘하고도 아이로니컬한 생이여, 너무나 많은 고통의 축복, 온 세상의 아름다움을 주셔서 고맙고 송구스러울 뿐이다.

인생이란 한 번뿐이니 애인을 부르듯 애절한 울림을 띠는 것이다. 애달프고 따뜻한 연애, 애인…… 다 희미하다. 그래서 심심하고 편안하다. 고독한 시간이 많았다는 것. 그래서 참 많은 일을 했는지 모른다.

가장이라는 리얼한 현실. 그냥 아무 불평 없는 기계처럼 일만 하고, 더 열렬히 삶과 내 딸을 사랑하게 만든다.

모든 일이 다 잘 풀릴 거라고 여기면 인생은 아주 심플하고 평화로워진다. 지금보다 훨씬 더 좋은 세월이 기다리리라 믿고 기도한다. 고뇌의 황홀 속에 인생을 찬미한다. 감사드린다. 시와 사진을 경작함으로써 나는 스스로 포도원이 되고, 약수 샘이 되어간다. 내 작업을 보는 이도 포도나무가 된다. 그랬으면 좋겠지.

어떤 고난이든 수행이며, 신께 가 닿는 일이며, 인생은 희로애락, 오욕칠정의 축제이니 친구들이여 함께 가자. 함께 가는 동안 따사롭고 슬픈 황홀이 있으리니.

신현림의 사진세계에 대하여

흔들리는 풍경

박영택(미술평론가, 경기대 교수)

신현림은 내가 근무하는 학교와 인접한 거리에 살았다. 그녀는 가끔씩 서울우유와 빵을 사들고 연구실에 찾아왔다. 새로 나온 책들을 손수 건네주기 위해 온 것이다. 한번은 전시를 앞두고 사진을 보여주러 왔다. 언젠가 인사동의 한 찻집에서 그녀의 초기 작품인 흑백의 자화상 시리즈를 본 적이 있었고, 간혹 그녀의 몇몇 책 속에서 사진을 엿볼 수 있는 기회가 없지는 않았다. 그러나 이번 사진들은 시인이 아니라 사진을 전공한 사람으로서 개인전을 앞두고 모아진 것들이었다. 도록을 대신해 책자가 발간되는데, 그 안에 실릴 원고와 함께 그녀가 찍은 사진들을 보았다. 그 사진들은 그녀의 시집과 에세이에서 만난 문장들을 그대로 닮았다. 마치 일란성쌍둥이 같은 사진과 원고를 보다 잠이 들었다. 새벽에 느낀 거지만 글이 무척 슬펐다. 그녀가 살아온 생애와 현재 살아가는 순간들이 어렵고 힘들고 고독하다는 것을—물론 그녀만 그런 것은 아니지만—새삼 알게 되었고, 또 한편으로는 얼마나 씩씩하고 열심히 살아가는지도 가늠되었다. 새삼 나 자신이 부끄럽고 겸연쩍어 그녀가 그토록 자주 쓰던 '헝그리 정신'을 조용히 소리내어 불러도 보았다. 날이 밝았을 때 사진들을 다시 한번 보았다. 아침 바람과 새소리에 풍경이 흔들리듯 그녀의 사진 속 대상들 또한 물이 흐르듯 떨고 있다. 한 개인의 감성과 생에 대한 열정이 피사체에 가 닿아 녹아흐른 자국들이다.

신현림의 이번 사진은 그녀가 한때 살았던 잠실 주공아파트 1, 2, 3단지 주변의 풍경들이 대부분이다. 지금은 재개발공사로 인해 다들 흉가로 돌변한 곳이지만, 한때 그곳에 살았던 작가는 마치 일기를 쓰듯, 이미지 산책을 다니듯, 거리를 전시장 공간으로 여기듯 둘러보면서 눈에 들어온 대상들을 찍었다. 아울러 그동안 여행하다 만난 장면, 일상의 소소한 풍경들이 시간 속에서 건져올려졌다. 사진가는 산만하게 우리의 눈을 끄는 것에서부터, 그것을 벗어나는 것을 세심하게 주목하기까지, 흐름에 몸을 맡긴다. 도시를 이루는, 일상을 축적시키는 불협화음적인 이미지들은 사진 속에서 기이하게 살아난다. 평범한 모습들이지만 이것들은 슬픔과 고통, 기쁨과 진부함의 원천이며 모든 권태로움에 떨림을 낳는다.

1. 신현림의 카메라에 잡힌 사소한 대상, 사물, 풍경은 기억의 저장고 깊숙한 곳에 잠자고 있는 신경을 건드리고 추억을 건드리고 마음을 헤집어놓는다. 친숙하게 묘사된 이미지이지만 마치 초현실주의자들이 그러했듯이 전혀 엉뚱한 맥락으로 서로 이어붙여져서 묘한 모습이 되었다. 구름과 발자국이 한데 어울렸고 누드와 덮개에 씌워진 자동차와 음식과 만발한 꽃이 서로 한자리에 놓여 있는 식이다. 이러한 낯설게 하기의 방법을 통해서, 눈이 본 것을 단순히 옮겨놓는 것이 아니라 뭔가 이상하고 낯설고 기이하게 얽혀 있는 분위기를 만든다. 그러니까 이 이미지들은 단지 그것 자체로 귀결되고 단락 짓는 것이 아니라 또다른 것과 암묵적으로, 이상하게 얽혀 있거나 다른 어떤 것을 은근히 떠올려준다. 이는 꿈이나 무의식, 기억을 더듬게 하고 혹은 다중적으로 얽힌 이미지의 세계를 새삼 다시 보게 한다.

2. 신현림은 자신의 일상이 전개되는 모든 곳에서 현재의 삶이 갖는 덧없고 순간적인 미, 우수와 노스탤지어를 발견하고자 한다. 세상의 공간을 산책하는 그녀의 시선에 걸린 모든 풍경과 모든 느낌은 적조하다. 사진가가 찍는 것은 대상이라기보다는 어쩌면 자기 자신, 자아일 것이다. 피사체를 빌려 스스로를 투사하는 것, 다시 말해 사진가는 의미를 추구하기보다는 스스로를 무의식적으로 복제한다고 말해야 한다. 그래서 한 장의 사진은 외부세계를 드러내는 것보다는 스스로의 내부세계를 드러내는 것에 가깝다.

우리가 외부세계를 발견하는 것과 동시에 자신을 발견하는 것은 바로 살아가는 동안의 일이다.

아울러 사진은 단순히 대상을 드러내고 기술하는 것이 아니라 인간과 인간, 사물과 사물, 혹은 환경과의 관계를, 그리고 그 관계성을 주목시킨다.

그녀의 사진은 몇 개의 단편적인 이미지들이 연결되어 미묘한 관계성을 이룬다. 그것은 명료하지 않고 모호하다. 그 표현은 마치 안개처럼, 흩어지는 구름처럼 애매하다.

그녀의 사진들은 일상적인 사물에서 일상성을 넘어서는 의미를 잡아내고자 한다. 일상이란 그 단어가 의미하듯이, 모든 사람에게 낯익은 것을 말한다. 그러나 그러한 일상만큼 개인적으로 특별한 것은 없을 것이다. 일상이라는 개념은, 대중과 개인의 경계를 넘나드는 매우 물렁물렁한 영역이다. 사진은 개인과 대중의 공간을 혼돈시키고, 낯선 광경을 낯익은 이름으로 보여준다. 여기서 작가는 자신이 찍은 사진들을 통해서 그

날이 그날인 사소한 일상과 삶의 의미를 되살리고 되찾을 수 있지 않을까 질문해본다. 조금은 느린 셔터 소리와 달짝지근한 햇살이나 플래시를 사용하여 삶을 지탱하는 힘을 끌어내는 것이다.

그녀는 바라보는 것마다 꿈틀거리고 움직이는 것을 느낀다.

3. 신현림은 이 짧고 찰나적인 생에 대한 애정을 사진으로 봉인한다. 사진은 그러한 그녀 자신의 욕망과 열정에 전적으로 부합한다. 사진은 곧바로 지나가버리는 시간을, 시간 속 대상을, 풍경을 영원한 향수(鄕愁)로 품는다.

'나는 내 작품 속에서 매일 반복되어 때로 지루하고 답답한 일상을 조금 뒤틀기, 뒤집어 보기, 거꾸로 보기 등을 시도했다. 그렇게 이끌다보니 참담한 일상도 참신하게 보여서 생기를 되찾고 힘을 얻었다.'

그녀는 지난 소중한 기억을 찾아주는 매개물인 세상의 모든 것, 모든 느낌을 가능한 한 온전히 기록하려 한다. 그것은 소멸되어 가루가 되거나 바람이 되어 흐르는 것들을 간직하고자 하는 안쓰러운 욕망이기도 하다. 그래서 순간은 아름답다.
사실 예술의 모든 언어는 순간을 영원으로 바꾸기 위한 노력 속에서 발전되었다. 언어를 빌려 얘기하던 시인이 이미지를 불러세워 시처럼 보는 이에게 다시 읽도록, 보도록 권유한다. 신현림의 사진은 매우 익숙한 대상, 너무 익숙해서 진부하고 낯익은 사물과 풍경들이다. 어디선가 본 듯한 기시감에 적셔져 있다. 그녀는 바로 그러한 대상들의 피부에 기이한 낯섦과 예기치 않은 상황을 드리운다. 좋은 사진은 누구나 보았고, 너무 많이 보았다고 믿고 있는 것들을 다시 보게 하고 이질감을 느끼게 하며 낯설게 한다.

어떤 점에서는 아무도 꽃을 제대로 보지 못한다고 말할 수 있다. 꽃은 아주 작고, 우리는 바쁘다. 그리고 본다는 것은 시간이 걸리는 일이다. 친구를 사귀는 일이 시간 걸리는 일인 것처럼.

아울러 사진 속 대상들은 시각적 이미지로만 머물지 않고 무언가 자꾸 연상되어 또다른 상황과 사정을 말하는 한편 시어나 단어처럼 자립한다. 언어화의 충동을 간직한 이미지들이자 텍스트에 얽혀 있는 사진들이다. 그것이 신현림의 사진이다.

일회적 삶을 살다 가는 유한한 인간들에게 지금 이곳의 풍경, 사물은 다시는 볼 수 없고 다시는 돌이킬 수 없는 거대한 시간의 흐름 속에서 마냥 흘러가버리는 것들이다. 사진은 그 흐름을 부동으로 만들어 각인시킨다. 시간이 죽음이라면 사진은 그 죽음에 대항한다. 한 장의 인화지에 봉인된 시간과 사물은 소멸되고 사라질 운명에 처한 모든 것들의 잠시 유예된 죽음 앞에서의 창백한 멈춤이다. 한때 있었음을, 존재했음을 여전히 강조하는 사물과 시간들은 안쓰럽지만 우리들 기억 속에서 그것들은 다시 살아나 불사한다.

모든 사진에는 덧없이 흘러가버리는 순간에 대한 집착으로서 지금, 여기의 일회적 현존에 대한 극진한 관심, 강박적 집착 같은 것들이 스며들어 있기도 하다. 사진을 찍는다는 것은 일종의 정지를 만들어내는 것이고, 부피와 면적을 갖지 않는 시간의 점을 보여준다. 이것은 사진만이 지닌 능력이다. 우리들의 시선은 결코 시간을 점으로 볼 수 없으며, 세계를 정지시켜서 그토록 오랫동안 응시할 수 없다. 그렇게 낚아챈 순간이 보는 이에게 말을 건네고 감정을 불러일으키며 다가오는 것이다. 그것이 다름아닌 사진이 지닌 시적 능력일 것이다.

사진은 여러 종류의 형태 기호들이 모여 이루어내는 일종의 말, 침묵의 언어이다. 이 명시적인 내용이 없는 사진의 말은 오히려 풍성한 다성, 다층의 목소리를 낸다. 그 소리를 통해 우리는 일상의 진부함으로부터 스스로를 일깨울 수 있다. 사진을 찍는다는 것은 말을 낚아채는 것이며 또한 말을 만들어내는 것이다. 그것은 비메시지적 메시다.

사진가는 세상을 총체적으로 보는 것이 아니라 자신의 전문 영역과 감수성, 기호에 따라 제한적으로 보고, 카메라 렌즈라는 한정된 공간과 방식으로밖에 볼 수 없지만, 누구나 보고 지나치는 대상 속에서 사진적인 아름다움과 개성을 찾아내서 표현하는 존재다. 그는 확실히 잘 보는 사람이다. 사진가의 눈은, 의사나 사냥꾼의 눈과 마찬가지로, 움직이는 세계의 무한히 다양한 상황 속에서, 위험이나 행운의 특이한 변화를 파악

하는 것이다.

다른 감각도 기억과 감정을 불러일으킬 수 있지만, 눈은 특히 상징적, 경구적, 다면적 지각에 뛰어나다. 그리고 본다는 것은 항상 새롭고 즐거운 체험이다. 보는 것에 대한 관심이 커지다보면 단지 눈에 어떤 대상의 모습이 비친다는 물리적인 현상이 아니라, 보는 것과 관계된 지각 심리적, 문화적 감각에 대한 관심으로 번져나간다. 그러니까 보는 것은 단지 눈에서 일어나는 일이 아니다. 눈이 하는 일은 그저 빛을 모으는 것뿐이다. 그것은 뇌에서 이루어진다. 보는 것은 결국 사고하는 것이다. 그런가 하면 시각적 이미지는 감정을 건드리는 도화선이다. 우리가 어떤 대상을 바라보면 감각 전체가 깨어나 그것을 평가한다. 뇌는 눈앞의 것들을 볼 뿐 아니라, 몇 년 전의 광경이나 상상 속의 일을 생생히 그려내기도 한다. 또한 눈은 새로운 것을 좋아한단다. 그래서 우리가 지루하거나 지치지 않고 이 세상의 모든 것들을 바라보면서 사는가보다. 아니 더욱 새로운 볼거리, 자극적이고 쇼킹하고 놀라운 이미지를 강도 높게 요구하는지도 모르겠다. 그래서 눈은 텅 빈 구멍이다. 그것은 결코 충족될 수 없고 만족 또한 모른다.

신현림은 어쩌면 가장 하찮은 것이 가장 매혹적인 것임을 깨달을 때, 삶이 다시 보인다고 말한다. 작은 것들의 아름다움이 모여서 삶의 즐거움이 되고 자신이 머물거나 지나는 장소가 자기 몸과 같이 소중히 여겨지게 된다는 것이다. 따라서 그녀는 진부하고 의미 없이 흘러가는 것들을 잠시 불러세워 그 존재를 다시 상기시켜준다. 무의미에 의미를 세우고 찰나적인 세상의 흐름에 잠시 고요와 침묵을 만든다. 사실 이 세상에 결정적 순간이 아닌 것은 아무것도 없다. 그녀는 감각의 밸브를 죄다 열어놓고 세상을 만난다.

길을 가다 마주친 행인들, 누군가의 뒷모습, 벽 위의 낙서, 능, 구름, 발자국, 바다, 돌장승 등 문득 희열감에 떨게 하면서 또한 서글프게 다가온 것들을 담담히 찍었다. 순간의 정수, 순간의 이미지를 포착한 이 사진들은 그 순간성으로 떨고 있다. 그러니까 이 사진들엔 순간의 세계에 대한 동의의 포착이란 본능적 작업과 이미지 읽기의 뒤따름이 하나로 스며들어 있다. 여기서 시선은 세계에 대한 동의이자 완전한 행위로 충만하다.

사실 한 장의 사진은 시각적 경험으로 흘러넘치는 세계에서 떨어져나온 하나의 이미지다.

따라서 이미지와 경험 사이의 관계는 깨어질 수 없을 뿐 아니라 지극히 유연하게 물려 있다.

이 사진들에는 시각적 흥미와 이미지적 기이함을 구성해내는 명료하고 뚜렷한 일련의 모순성이 담겨 있다. 한결같이 영화에서 따온 한 장의 스틸사진 같은 느낌도 준다. 사진 예술은 한 장이 아니라, 오직 하나의 목소리로 전부를 말하는 여러 장의 이미지 속에서 이런 유연성을 능숙하게 구사한다. 결정적 순간, 지각의 단편을 도려내어 그것을 원래의 맥락에서 상상의 영역으로 옮겨놓는 하나의 외과 수술용 메스와 같은 것이

다름아닌 사진이다. 그것은 상이한 사물들이 동시에 드러나 관객의 시선을 붙잡고 놀라게 하며 대답 없는 질문을 남긴다. 그래서 사진은 마치 어떤 설명이 없이 미지의 문맥에서 찢겨져나온 것 같아 보인다.

4. 여기에는 과거의 개인적인 기억이 체험과 함께하고 있다. 우리를 둘러싸고 있는 모든 환경, 풍경, 사물과 대상은 다 그렇게 저마다의 기억, 추억과 연관되어 저마다 다르게 이해되고 다가오고 만나지는 것이며 기이한 시간과 동반된다. 신현림의 사진은 자신의 일상에서 비롯된 모든 감각의 총화이자 결정으로 멈췄다. 그녀는 세상의 모든 것을 찍고 싶어한다. 세상의 모든 느낌을 저장하고 싶어하며, 그 모든 것을 기억하고자 한다. 기억하고자 하는 욕망은 순간의 시간에 집착하는 욕망이다. 아찔한 그리움, 소멸되는 것들을 그렇게 하염없이 간직하고 싶은 것이다.

사진에 대한 내 생각

나의 집 냉장고 문에 십 년째 붙여놓은 메모 글이 있다. 내 인생의 표어처럼 늘 기억하고 싶어 눈에 잘 띄는 냉장고에 붙여두었다. 종이는 누렇게 바랬으나 글은 예리한 펜같이 가슴을 긋고 지나간다.

예술적 진실과의 만남이란, 일상생활에서 아직껏 느껴지지도 이야기되지도 또 들리지도 않아왔었고 또 앞으로도 그렇게 될 것을 느낄 수 있고 볼 수 있고 들을 수 있게 만드는 낯설음을 자아내는 언어와 이미지 속에서 이루어진다. _마르쿠제

하늘 아래 새로운 것 없으나 새롭게 발견하는 시선들이 주욱 있어왔고, 앞으로도 계속 새롭게 창조적인 길들을 낼 것이다. 이 순간이 아니면 찍을 수 없는 사진들…… 나는 내 작품 속에서 매일 반복되어 때로 지루하고 답답한 일상을 조금 뒤틀기, 뒤집어 보기, 거꾸로 보기 등을 시도하였다. 그렇게 하다보니 참담한 일상도 참신하게 보여 생기를 되찾고 힘을 얻었다. 이번 사진전의 삼분의 일은 매일 오후 서너시에 나가 신들린 듯이 찍은 잠실 주공 1, 2, 3, 4단지의 풍경이다. 좀더 멀리 나아가 양재 주변까지 샅샅이 누비면서 찍었다. 이미 재개발되어 다 사라져간 아파트 풍경. 그 안에서 만난 아이들. 이제는 오직 사진을 통해서만 그때의 향기를 맡을 수 있다. 백 년 이백 년이 지나거나 아니거나 뭐든 다 사라진다. 당연한 건데 아프다. 저려온다. 그래서 혼신을 다해 사진 찍고 생각하고 정리해서 나만의

빛나는 작품으로 완성하련다. 열중한 순간에 뭐든 아름다워 보였다. 내가 등불처럼 환히 살아 있구나, 하는 깨달음과 풍요로움 속에 훨훨 나는 새 한 마리가 되었다.

아, 파인더 속에서 흘러가는 풍경과 사람들. 멈춰진 장면, 그 순간을 나는 사랑한다.

어디론가 사라지고 흩어지고 멀어져가는 모습들. 우리가 이 지상에 살아서 그 순간이 아니면 찍을 수 없는 풍경들. 정리되지 않는 것들이 정리되는 기쁨. 또렷하게 인화된 사진을 볼 때의 희열감. 언제나 언제까지나 인생을 깊이, 극단까지 파고드는 사진을 원했다. 그렇게 사진을 찍으면 내일은 끝없이 넓게 펼쳐지는 것 같다.

눈부신 저녁빛이 세상을 물들이고 점차 어두워질 무렵. 집으로 돌아가는 길. 나는 나 혼자만이 아니었다. 어느새 새롭게 발견하는 거리와 풍경과 나는 하나가 되어 있었다.

작품
목록

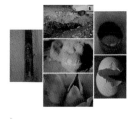
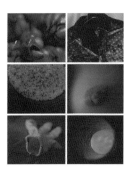
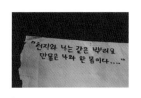

2부

아, 당신도 매일 꿈에서
살지 않나요?

아, 아무도 기거하지 않는 육신
Ah, The body where none lives
p.46

아, 18
Ah, Shit
p.48

아, 달콤한 인생
Ah, Sweet life
p.50

아, 생로병사의 신비
Ah, The mystery of birth and
death, age and infirmity
p.52

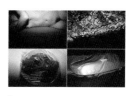

아, 당신도 매일 꿈에서 살지 않나요?
Ah, Don't you dream everyday?
p.54

아, 두려움도 영혼을 잠식한다
Ah, Fear engulfing the soul
p.56

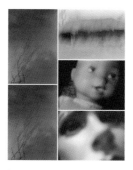

아, 불안
Ah, Anxiety
p.58

휴休~
Take a breath
p.60

3부

아, 사랑이 올 때

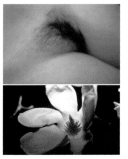

4부
아, 모든 것의 경계는 없다

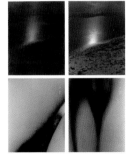

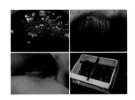

5부

인생의 작은 기적들

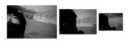

문학동네 산문
아我! 인생찬란 유구무언
ⓒ 신현림 2015

1판 1쇄 2004년 9월 24일
1판 3쇄 2006년 3월 15일
2판 1쇄 2015년 4월 1일

지은이 신현림
펴낸이 강병선
책임편집 김고은 | 편집 정은진 김내리 유성원 황예인
디자인 김이정 | 마케팅 정민호 나해진 이동엽 김철민
온라인마케팅 김희숙 김상만 한수진 이천희
제작 강신은 김동욱 임현식 | 제작처 영신사

펴낸곳 (주)문학동네
출판등록 1993년 10월 22일 제406-2003-000045호
주소 413-120 경기도 파주시 회동길 210
전자우편 editor@munhak.com | 대표전화 031) 955-8888 | 팩스 031) 955-8855
문의전화 031) 955-3576(마케팅) 031) 955-8864(편집)
문학동네카페 http://cafe.naver.com/mhdn | 트위터 @munhakdongne

ISBN 978-89-546-3424-3 03810

www.munhak.com